恍惚書

鄧小樺

目錄

III 書店存沒

IV 書展逆行

V

書的流連

名家推薦

「這是一本讀書人寫給『書』的情書。滑手機已同吃飯一樣重要的新世紀裡，鄧小樺念茲在茲、執迷不悔的，仍是那一本一本人們手上翻著、書櫃收藏、店裡擺賣的書。她談論那些書的方式，彷彿他們是她多年的老友，甚至連閱讀的姿態，她也有深情的建議。聰明博學而情感纖細，詩人鄧小樺以這本書印證了讀書的女性確實是危險的說法，點亮了一個新世代讀書人的身影。」

——胡晴舫

「小樺縱橫書海，無所不能。三更有夢書當枕，當天梯，當靈媒，當矛與盾，也充任圍巾與防滑墊。她談書，有實愛親暱，也有殺伐氣；為了書，她不怕奇突，樂意勞動，也願說真話。而通過書，通過文學與思想，通過評論與策劃，她像暖流與活泉，浸淫穿梭於香港的肌骨，在無理年代中護理，在寡情世界裡癡情。」

——楊佳嫻

「鄧小樺是書與文字的癡心怨偶，說是夢醒書，書中她何嘗願意醒來。砌書未懼山倒，讀書何妨抽絲，她不只抽絲還剝繭，繭中夢蝶，栩栩欲飛。」

——廖偉棠

「讀《恍惚書》就像到了鄧那個書海洶湧的房子。淹沒了桌子和椅子、茶杯和食具，湧到衣櫃之前，有著通往外界的大開大合的力量，也有孤僻者偏執的細緻隱藏其中。我渴望進入她散文中規律的散亂的原因，就是期待一次出其不意的絆倒。」

——韓麗珠

「鄧小樺一身都是香港。言語快捷，模樣光澤，蓬髮白膚有辣麗之感，其實內裡是富厚而充滿細節的文明。《恍惚書》整本書談『書』，這種樸實設題，等閒人最好別輕碰，否則必然露拙，但小樺自非等閒人，其洞見、知識量與詩意之兼美令人眷戀。過去讀香港，不能遺漏西西與黃碧雲，而這個時代，須別錯過鄧小樺。」

——黃麗群

「讀這部寫給書的書，總讓我有一種恍惚的錯覺：在香港這座垂直的城市，書或許也是植物之一種，跟那些高矗的樓房一樣，埋進土裡，一階一階長往樓上與天上。它們是傑克的豌豆，塔樓的垂梯，只要對天空與遠方仍有想望者，皆能攀爬。」

——言叔夏

Please Call her小樺。
——《恍惚書》和她的能量根源

◎馬家輝

《恍惚書》是鄧小樺在臺灣出版的第一本書，我覺得有必要好好向臺灣讀者介紹鄧小樺。

小樺，小樺。我們在香港都這麼喊喚她。名字裡有個「小」字真好。一路成長，一路行前，卻永遠被呼喊得年輕，而且親切，不管是否夠熟絡，一喊名字馬上拉近了距離。小樺，小樺，佔盡了時間的便宜。

何況小樺確實年輕而且親切。年輕，不一定跟年紀有關，最主要是源自充沛的生命力，時時刻刻往前衝去，在寫作上，在思考上，在行動上，皆有無窮的創意和明亮的理想。日本人常說的「元氣」，想必就是這麼一回事。

從大學時代開始，小樺寫新詩散文，取了好幾回文學獎，是個如假包換的港式文青。其後投入「天星皇后碼頭文化保育」、「保衛菜園村」、「守護喜帖街」等多回社會運動，是個不折不扣的實踐派知識分子。其後她曾在香港誠品工作，亦參與創辦《字花》等文學雜誌，又到電臺主持節目，又和董啟章等作家推動成立「香港文學館」，又主編文學刊物《無形》及網站「虛詞」，又負責西九文化區的某些策展，又跟不同的基金會和文化機構合辦講座，又偶爾跟其他在香港或在他城的寫作人打筆戰……小樺的最新「吸睛」行動是替香港電臺的電視頻道主持「文學放得開」清談節目，Facebook 也有Channel，你上網看看便明白她是如何牙尖嘴利和腦筋明快。

開個玩笑，火力全開的小樺，如果被畫成《紐約時評》上的作家漫畫，或許是一個東方女子，戴眼鏡，笑咪咪，臉容優雅，但左手持一把機關長槍，右手抱一臺MacBook，身穿旗袍，左腳高跟鞋，右鞋運動鞋，頭上束著髮髻，畫的最下方或許配句對白：Remember my name. Please call me 小樺。

我倒想起羅蘭巴特寫於好多年前的幾句話：「一批新型人物出現在舞臺上，我們不再知道（或還不知道）怎樣稱呼他們。是作家？知識分子？還是書寫家？無論如何，文學的統治傳統已經消失，單純的作家已經無法耀武揚威。」小樺想必全無耀武揚威的本意，她只是在屬於她的時代位置裡，用她所能使用的平臺和空間，施展她所擁有的本領，創作、創造、創新，讓自己跟世界連結，同時把不同的人從四方八面連結到她的世界。這是她的過人能量，而不管你身處何方，在香港，在臺灣，在任何一個華人社會，只要有網路，你都可能以如此或如彼的方式成為這份文化能量的受惠者。

切勿忘記，小樺的能量以廣泛的閱讀努力打底，有了經由書頁累積的知識座標，她才有辦法精準掌握行動的方向和尺度。「分寸就是力量」，木心說的。小樺是個有分寸的年輕作家，《恍惚書》談的主要是書以及跟書有關的情事，書人，書店，書展，書的偏好和厭惡，書的主張和氣味，她用靈敏的心拆解各類新書舊書的前世今生，而這一切，亦正是她賴以掌握分寸的能量根源。透過此書，小樺把根源的某個側面展露於臺灣讀者眼前，而「起手」之後，陸續有來，你必可透過她的其他著作清楚記得她的名字。

Yes, her name is 小樺。香港詩人，香港作家，香港新一代的文學好女子。

自序

恍惚珍愛

「時光中無法摧毀的糊狀物，終於凝固為形狀不一的物質，成為心靈中，易碎的珍愛物。」——鍾玲玲，《玫瑰念珠》

我是不能離開書而生存的，甚至不惜讓它與謀生掛鉤——我是個缺乏耐性的人，如果不是很愛很愛，不能擇為長久之伴。在一次次搬家棄書、考量購入、緊急或無聊翻書的過程中，我一再認知，書是如何構成我的核心部分，並在必要時對我作出拯救。

我的許多糊口文章是在困頓與接近極限的深夜寫就的。書有啟蒙的性質，它讓人清醒，捱過極地；但它有時也與夢接壤——我畢竟是寫詩的，如果句子呈現液態流淌、朦朧與含混，對我而言是極好的。甚至，因為太多工作而不得不長期保持清醒與神經堅韌的歲月，我更加珍惜那些恍惚慵懶的狀態，它從反面證明了何謂自由。如果可以，我其實情願這本書再恍惚一點。

很久之前就想要出版一本關於書的書，大概就是手機逐漸取代書籍的時候，二〇一四那年，我籌辦「香港文學季」，主題就是「書在人在」，大家喜歡這種清堅決絕。後來，我們目擊了更多的書市寒冬，書彷彿離我們更遠了——最可怕的，是眼睛和身體也逐漸朽壞，每日看書的時間已出現生理限制——那慢慢變成，恍惚有書。

似在而不在，一晃眼，那麼熟悉，好久沒照見過的鏡子裡的自己。

在讀研究院時期，我的分析力與迷路特性都可能同時到達了人生頂端：任何看到的文字，都可以衍生一定量幅的分析，同時在一本一本書之間無盡沉迷流連，像永遠陷於灌木叢林，離論文的完成愈來愈遠。書與分析，其實就是清醒夢。我懷疑那是我最好並最宜人的狀態。

本書中，「書的剩餘」是二〇一五年在《聯合文學》連載的專欄，我很珍惜這個小欄可以貯存我的恍惚——它沒能更知性一點，當然我要感到抱歉。「小看書市」是在香港經濟日報的小欄，寫當時一些書市與出版的趨勢。「書店存沒」與「書展逆行」中的文章刊發於兩岸三地，記載我像鸚哥一樣四處數說這些我關懷的處所，不避尖銳，而那些疆界似存在又似可超越。「書的流連」所收是較雜的書評與文化評論，但草叢中散落一些愛的珍珠，無人發現，其意義仍待一再改寫。

書中文章未能全部釐清時序——大家可以想見，我在回顧整理這些文章時，常是茫然恍惚，與文字的清醒恰成一對比。然而那或者反而可以成就一種時態不明的流淌性，讓一些浪奔浪流的出版趨勢，一些已消失的書店，一些已逝去的人，可以有一頁之地留存。因為時態不明，它們與當下維持了一種曖昧的連結。

《恍惚書》是我在臺灣出版的第一本書，感謝時報出版社的專業處理，執行主編羅珊珊的耐心照顧，以及馬家輝、胡晴舫、駱以軍、梁文道、廖偉棠、楊佳嫻、韓麗珠、黃麗群、言叔夏諸位的集序及推薦。尤其馬家輝先生，早年在香港明報世紀版讓我寫人生第一個專欄，粵語所謂「睇住我大」，讀他的序言，讓我赧顏，感激。也感謝設計師陳恩安，面對一個清醒做夢的文本，來摸索投計。二〇一九年，臺灣友人對香港的公民運動表示了極大的支持與關懷，而我們的連結早已開始。

I

書的剩餘

光線與塵埃

書自然傾近於光，在意義的歷史上。書是知識，啟蒙 enlightenment 的那束光，照亮萬古的洞穴，或至少使之影影幢幢，得以想像外在萬千世界，茫茫濁世中，人以書的知識而得方寸之地自立。床邊若有書架，書架旁邊若又有窗，醒來時眼縫之間瞄到書架，若無殘夢擾心，也是賞心樂事。康德說，一個絕望的人甚至無法每日從床上起來；那麼如果書是錨定人與世界的關鍵，那穩重中便生出希望。

而事實上，家居經常是事與願違的一回事。眾所周知，書架與家居有著恆久的張力。如果家居追求的是寬敞明亮，就必須抑制書架的生長。除非家居的空間寬裕到連書架都可以作優雅的配角，否則書架的厚深，就成為牆的延伸。如果書架生長至環抱，就是牆伸出一排一排的手向屋的中心壓來。而日光，總是被架上地上堆積的書，所阻斷、所過濾、所分解，像岔開以成無聲的耳語。

貪戀沉穩的希望，代價可能是失去現實的光線。

我便是有一排這樣的書架，此刻在我身後，讓整個客廳變得幽暗。書的倉庫，往往連繫一個中年色彩的成語：積重難返。作家友人李智良替我拍過一張照片，我坐在書桌前笑著，身後是一排數個層板彎曲的書架，裡外兩層書散亂堆疊——照片在臉書獲得的大量迴響，其中大部分心情可以由詩人廖偉棠的一句概括：「一定要注意安全……」他們生怕書架倒塌，我便成了過於喧囂的孤獨死者。書的抽象光線，原來現實中的他人看來，分明是危險。

一位埃及作家看過那張照片，說，這樣的藏書是很偉大，但很有壓迫感，會讓所有進入此屋的男性覺得自己很渺小。我揚眉然後微笑，並沒有告訴他，在我們這裡，「閱讀的女人危險」，原是熟悉的話了。我原是相信，危險裡自有希望的光閃動。藏書成狂的女人，用牆擁抱自身。

●

光線裡自然看到塵埃的浮游，書也必然與塵埃相關。並且這與鼻子的存在相繫，面紙開成的一簇簇白色花朵，藏書人往往因此而割捨鼻子——又或被不斷的塵埃的輕微刺激，提醒鼻子的存在。余光中的詩說，「四月來時先通知鼻子」，書的存在也叩問鼻子的存在。

然後是手指。整理書架，手指上怎無灰塵的印記。缺光的室內，灰塵與之呈參差的對照。灰塵是時日，它在最無歷史深度時也依然捲動悔恨：如果書是時常翻看移動，灰塵就會積得少一點。

在臺北信義誠品實習時，很羨慕誠品特有的塵撣，如大毛蟲身子，絨條密集且有特製清潔液可黏住塵顆，定時回廠替換，店員都暱稱其為「小黃」。古時塵拂不過類似，就實用計我很想自己也能擁有一柄小黃，這也許是不少店員的夢想。

為書撣塵的，其實是很能喚起風雅的想像，通常在開店前的早晨進行，偌大書店空靜無人，嗜書的店員默默掃去架上、書上、燈上的灰塵，這是店員一日內最後幻想自己是古代人的時光，光線柔和如歌，灰塵款款有情。開了店就不一樣，古雅都在工作與顧客之間蒸發。

撣塵主要是為顧客觀感、購物舒適，是以連鎖大書店方有此項規訓。一般獨立書店，就有書店主人性格——就難免複製折射一般真實藏書人的生活型態。而一旦書品堆積，積重難返。光線阻隔，灰塵積聚，卻洗掉顧客的幻影，還書以生活的真實。

香港的新亞書店，主要買賣舊書，店面素以一幢幢危樓一樣由地板疊至高空的書籍聞名。其危險，其密集，其難以梳理，其對人的眼光及熱情之考驗，恰如香港市面的唐樓建築群一樣，某些人為之訝異掩鼻，有些人奉如神明。

當年我在誠品書店實習，放假便去逛唐山書店。唐山的人文學術書及詩集出版傳統，在香港亦聞名遐邇，我去臺北亦必到。而那時日日開燈撣塵的我，突然重新理解了唐山的特殊幽暗，這不媚於人的地下室。我繞過暢銷新書的桌面，走到後方的書架，有一架上還有著香港往年的重要人文書籍，其中特別是青文書屋的出版，自青文主人羅志華以過度喧囂的孤獨死亡之後，已經難得一現於江湖，唐山卻因時地睽隔反而保存之。陳冠中《什麼都沒有發生》、黃碧雲《我們如此很好》、也斯《越界書簡》、心猿《狂城亂馬》，這些書我都已買齊，但莫可抑制必須以珍憐的眼光，指尖徐徐掃過書脊，一力沾染無可否認與我相關的灰塵，真是好厚好多的灰塵。在此時灰塵終於完全替代為光的借喻，那就是知識，它就在那裡，一直都在。

失眠與書

冬日氣溫變異，我城政治憂鬱。失眠再度降臨於我。

失眠的動物滿腹沙礫而緘口難言。已經歷過把失眠寫成臉書狀態給萬人分享然後又厭棄了這種公開籲求療慰的方式。朋友調來的橙花馬鬱蘭入眠香油，滴在手腕上揉搓由血脈吸納；洋甘菊馬鞭草肉桂等各味花草茶；嚴浩偏方油拔法；熱水浸腳；掃順眉毛。各種本來奏效的方法都突然無效，床上輾轉反側焦慮便如夜裡野百合瘋狂生長。

無端的失眠只與焦慮相互定義。對於沒有特定時間表的人，不需要早上起來上班的人，失眠只是空閒的轉換而已。沒有入睡的需要，就沒有所謂的失眠。有需要，就有焦慮。精神分析理論定義的焦慮，是因為與欲望的對象太過接近，因而產生的焦慮感。那就像，在床上與睡眠的距離那麼近。

失眠的時候，人們可以看書，一如任何空閒的時間。但我想把「因閱讀而不眠」在「失眠」的定義上排除出去，因為讀到一本精采的書而通宵不睡，那實在是美妙愉悅的經驗，你只會希望那沉浸，永遠不過去。小說的沉浸作用特別與此相關——到另一個世界旅行，一直不回來。那不像「失去」。

我的「因閱讀不眠」經驗不算多，都是少年時，兩本書，都是節奏快的魔幻寫實。《百年孤寂》和《豐乳肥臀》。那時是把任何空閒時間都投入書裡，與人逛街時對方稍稍言談無味，在扶手電梯上我就打開書來看。讀者在現實世界裡常常目中無人。

●

而我失眠時反而很少主動選小說來看，因為一個焦慮的人，不易投入他人的世界中。失眠的書必須撫平焦慮，它要有一點療癒作用。但一如身體各各不同而藥劑各異，我並不是常常知道有些什麼可以療癒我。不，我也不是想說，那些以沉悶或厚部頭的書去讓自己入睡的簡單癒法。有位女博士說，深奧的英文理論書三頁內可以讓她入睡；我也曾讓人在枕邊給我講康德，十分鐘內我的頭顱與四肢便莫名鬆弛，沉入綿綿深海。

這些是藥，卻還不算是療癒——因為它太彰顯外物的無上權威。它是安眠藥，讓你對自己的身體失去控制。但感覺不算是最好的。

●

家裡的書很亂，失眠時信手拈來，亦如浮沉於海而尋求一根浮木。不一定遇到。於是遇到時覺得像蒙受祝福。

我記憶中有兩次非常好的失眠閱讀療癒。一本是約翰．伯格的《觀看之道》（戴行鉞譯本），名著一直未看，便順手翻開。這是伯格在電視上的藝術節目結集，當然是最淺的一本伯格。我喜歡伯格的所有藝評，《觀看之道》其實文筆不算最精美的，但它最有一種習作風格，伯格的比較和分析中，有時感覺像科學實驗，順著他的敘述和指引，點出了比較點，輕輕鬆鬆，豁然開朗，不同時期不同類型不同風格的畫，突然歸結到一個結論。他分析歷來的繪畫，指出女性經常在畫中注視觀者，傳達了「女性必須觀察自身」的傳統，亦即內化了女性作為「被觀察者」的角色與位置。「她必須觀察自己和自己的行為，因為她給人的印象，將會成為別人評判她一生成敗的關鍵。」女性的形象與風度，決定了別人可以如何對待她。「一言以蔽之：男子重行動而女性重外觀。男性觀察女性，女性注意自己被別人觀察。」作為一個女性，看到這種判語時十分震撼，像在歷史長河裡看到自己的倒影與無數鬼魂重疊，分享共同的咒語。

而伯格比較提香的《烏爾比諾的維納斯》與馬奈的《奧林比亞》二畫中姿態相近的裸女，得出前者的原型是仕女而後者乃是妓女的結論，也讓我無法忘記，並在後來購入難度極高的《奧林比亞》拼圖。

通宵閱讀《觀看之道》，一口氣看完，我記得感覺非常安慰，甚至覺得失眠也是祝福。藝術是療癒的。而伯格以深湛的藝術史修為，加上馬克思主義文化研究的獨特視點，點出結構上的不平等而又歸於藝術世界，為人的精神波長製造了一種微妙平衡。

另一本曾讓我覺得失眠是祝福的，是傅柯的《瘋癲與文明》（劉北成、楊遠嬰譯本）。在「愚人船」的部分已經為兼具夢幻神話口吻與精闢分析筆調的美妙文體牽引，到「激情與譫妄」的部分簡直是愛不釋手。傅柯描述古典的瘋狂理論：「在人剛剛入睡時，許多煙霧從肉體產生，上升到頭部。它們密密麻麻、洶湧騷動。它們十分模糊，因此不能在大腦中喚起任何心象。它們僅僅以其飄忽跳動刺激著神經和肌肉。躁狂症病人的情況也是如此。他們幾乎沒有什麼幻覺，也沒有任何錯誤的信念，而只是感受到他們無法控制的強烈刺激。」然後最初階段的騷動過去後，大腦的迷霧被澄清，有序的運動開展，而奇異的夢境產生了。「人們看到了無數不可思議的事物和奇蹟。與這個階段相對應的是癡呆。癡呆病人對許多『現實生活中不存在的』事情信以為真。最後，煙霧的刺激完全平復下來，睡眠者開始更清楚地看到一些事物。透過從此變得明晰的煙霧，對頭一天的種種回憶浮現出來，而且與現實完全吻合。這種心象至多是被錯置的。憂鬱症病人『尤其是那些沒有完全精神錯亂的人』的情況也是如此，他們也承認事物的本來面目。」

在無法入睡時讀到這些真是感覺如注射嗎啡——它與失眠者對應著共同話題，而以清晰分類達致一種類似理性認識的理解作用，同時還有那神祕無以名狀的煙霧，替代夢境——它讓你在清醒時做夢。失眠需要療癒，而療癒必須肯定自身本有的力量、重新掌握自己的精神與身體，那即是理性，以及體會夢境的能力。

包裝與舊情

我積書太多貼照片哀號時，詩人廖偉棠在我臉書留下「斷！捨！離！」三字真言，直是趙州禪師南泉斬貓一般威風。不旋踵，偉棠自己要搬家了，接下來打包慘況夾雜醉酒風流，臉書不斷更新，全城圍觀，我竊笑。到偉棠清出數百本舊書，加上黃子平教授的一些舊書，在文學生活館「舊書有會」開賣，當日就人頭湧湧。偉棠悠然回憶當年他從北京撤離，也拿了千本舊書在北京大學擺地攤，痛賣幾日，和朋友買客閒聊的風光，方能掩棄書之痛。

偉棠疏影一家好書，兩岸三地十幾年買下來，擺出來的舊書，不少是從未見過的文藝評論、小說譯本、外國譯詩選集。多半是簡體版。我負責為書標價，漸漸摸出門道來，後來看一眼書的開倒、裝幀、設計，就能猜到書出版的年分。

書有其教育面向，亦有其大眾商品的面向。最賺錢的方式，是以大量印製拉低成本。大陸市場大，這個方式現在還能運作。那許多沒見過的《荒誕派》、卡內蒂《耳證人》、《馬克思主義與文學批評》等等，都是薄薄一冊，口袋書大小，用紙觸手欲碎。有些書有運到香港來賣，像米歇爾．塞爾的《萬物本源》，我在以前的專賣簡體書文星書店就買到過。

以買書計，我是先買理論，再買文學，而次是藝術評論。文學書的書種較多、市場較大，市場影響還不那麼明顯。縱觀書市，精裝硬皮與薄小精悍齊飛，設計雅適與故作商業一色，可能性很多。但學術和理論書就不同，因為市場狹小、顧客層固定，變化簡單而易觀察。臺灣書市裡，每年新出的文藝哲學理論書已經是十隻手指可數完；大陸倒還是多的。不過在設計裝幀方面則依然是簡樸，玩花樣是輪不到理論書的，不比外國可以將阿岡本的短篇論文配合攝影或油畫，出成全彩的精裝小書《*The Unspeakable Girl*》、《*The Church and the Kingdom*》，那樣奢侈（有位詩人恨恨跟我說，英文書怎樣都可以，因為市場大）。

我至愛的書之一，李維．史陀的《憂鬱的熱帶》，無論簡繁，都是王志明譯本。大學時讀到驚為天人，對於描寫那種準確和彈性，評論分析那種精闢入裡，還有以具體畫面去說明一個抽象理論如何產生的能力，都教我神魂顛倒。分析絕對是世上最迷人的事物，沒有之一。那本是九〇年代末出版的北京三聯書店簡體版，封面是橙綠相間暗喻「熱帶」的抽象畫，五七五頁，書紙是六十磅或七十磅紙，我幾乎是瘋狂地畫底線，頁邊還寫滿「太利害了」之類的嚎叫，夾雜由衷的粗話——粗話是用來標示語言的盡頭的，在極度興奮極度崇拜時也適用。

繁體版的《憂鬱的熱帶》由聯經出版。一九九六年的版本，封面是李維．史陀的嚴肅肖像，皺眉凝視遠方，那副黑框眼鏡沒能趕上文青的眼鏡風，老實說是有點拒人千里。都說當代理論書市場小，冒險空間不多，放作者肖像上封面、名字大大的，至少目標讀者不會看漏。傅柯著作也一定見到他那漂亮光頭。李維．史陀在當代理論中算是學究派，和傅柯、羅蘭．巴特及最炫目的布希亞不同，他是嚴肅到會怪責六八學運分子砍掉學園裡的大樹那種人。

大陸的理論書沒有放理論家肖像上封面的習慣。《憂》後來再版時換了米色封面，如晶瑩肉色，下方有間雜交疊的英文字。感覺比較纖細，然而我還是喜歡抽象而有熱帶情懷的封面，更有一種隱祕的抒情。這個著重文字的設計，到二〇〇九年中國人民大學出版社，為李維．史陀出版全集時，達到豪華的頂點：每一本書，都是硬皮精裝有套盒，頁面或灰或褐，布滿文字，每個都蝕刻燙金。我就全買了。

英文版企鵝當代經典系列的封面，是書中土人的照片，比較搶眼、具體，也指涉著書中實際的人類學知識內容，不過就沒有那麼多意在言外的情感。google一下，似乎外文版的封面多是土人，只有簡體版走抽象路線。

至於今年，聯經《憂》繁體版再出新版，是為哲學理論經典書系的其中之一。書系有系列性設計，《憂》的封面是密麻麻的綠草叢，草痕影闇，那綠是濃稠的，確有憂意，讓人想起楊牧的〈南陔〉：

我對著滿院子的綠草讀書
努力偽裝我究竟並不在想
陽光照亮一朵顫抖的蒲公英
我將保持我冷靜從容的態度：
一個古典的學術追求者不在乎
身外的事務，聽任綠草越長
越長，在窗外默默陪伴我讀書

……
好遙遠好近，像午夜驚醒的
十字星，掩藏在夢的後面
憂慮的前面，在春天滿滿的
綠草叢，在一首逸詩

●

近來跟文藝青年逛書店，他說「不明白為何有人會買簡體書。」我一邊心想「臺灣出版的推廣真是打到文青心坎了」，一邊正色道，我讀書時，許多理論書只有簡體譯本，簡直是沒有選擇。在這時，就看到內容為先與包裝為先的時代差異。繁體書一般被認為是處理精美，而簡體書則良莠不齊，有段時間據說詩集直接放到翻譯軟體裡弄出來……

只是書有記憶與舊情，我去過一個讀書人家裡，他架上都是舊日出版的簡體哲學書，書價幾元人民幣那種，有些翻譯不免粗糙，我問他何不全部換過精美的新版？他神情自若地說，不都是那些內容？都看過了。這裡面有一種道家的「名為實之賓，吾將為賓乎？」的簡樸自若。不過，我猜其實背後還是記憶與舊情——這樣的書架，明明標示著一個八十年代民間讀書人的身分立場，反而與眾不同。他不想割捨的，是這個身分吧。

書的包裝，有時是市場考慮，有時是一種美意，像還以書適當的衣冠。《憂》重出的綠草叢封面，裡面也是有心人想盡快把當代理論經典化，推動知識的良苦用心。新版還買不買？我看著滿屋的書發愁。何苦挑逗我們這些癡人。

重複的書

買書太多的人，如我，也許最沮喪的是，發現自己買了重複的書。當書在家中的架上、桌面、地上氾濫如傾倒的水，書的購物狂仍可辯稱，都是有用的，都是必須的，都是理性的……，直至，同一本書的相同拷貝，攤展在他們面前，如同在異時空中兩個自我的相遇，幾乎是要導致崩潰的。

為什麼會有重複的書？當然是因為買過，卻又忘了。為什麼會買過卻又忘了？多半是因為書太多了。而隱隱不敢說出來的那個真正原因是，書太多了，而又根本連翻都未翻過，才會忘記自己買過。只憑購買的短短時光，未足以在回憶的結構中指稱一個位置。於是，忘掉了。

購物狂需要理性去為自己的瘋狂辯護，尤其書的購物狂，無法擺脫自白、辯解的行為模式。如果與那書的相遇是天雷地火，命中注定，那為什麼會忘掉？重複的書揭露了書籍作為大量生產的商品之本質，無情到有點赤裸。書的購物狂在這裡，看到了類似於拜物教在自己身上的痕跡，於是不免大叫一聲，無法面對那理性的崩潰，商品的素顏本質。

●

讀大學的時候，我曾被詩人老師杜家祁小姐，叫去她家裡幫忙收拾書架。一邊收拾出書架上重複的書，一邊聽著杜小姐哀號「為什麼？為什麼我的人生會這樣」……。當日那些重複的書都給我抱回家了，很多是商周、桂冠出版的經典文學理論書和哲學書，如伊果頓的《文學理論導讀》、關於拉康及克莉絲蒂娃等人的《閱讀理論》、布魯姆《影響的焦慮》。這些書此時也都還在我的架上。我當時偷笑，覺得重複買書實在是一件美事；到多年以後，我有了愈來愈多的書架，也多次體驗到重複的書給購物狂們帶來的沮喪。我叫得只有比杜小姐更大聲。

重複的書其實也是某種證物。非買不可的經典理論，卻因為種種原因，尚未看過……，是故杜小姐哀叫。而我呢，我重複買的書，多半是題目有趣味而內容豐富的人文類書籍，人文類書籍的縱深挖掘向度，及其資料傾向，讓我覺得無法放棄、終必有用。然而又消化不良，又佳餚太多。像《如果房子會說話：家居生活如何改變世界》、《卡路里與束身衣：節食、瘦身、飲食，及人類兩千年來與肥胖奮鬥的歷史》，就是今年我在幾間書店大減價時不慎犯下的錯誤。我記得有一年看到兩本理查・桑內特的《*Together*》英文版在書架上出現時，簡直就覺得是犯罪——唯一的犯人，當然就是我自己。

●

重複買書的問題，其實不過揭示了，限制。如果有無限的空間，無限的金錢，重複的書根本不成其為問題。即如若生命無限，可以無限地重複愛上一個不愛你的人。而因為各種原因而得到的贈書，也不會造成如此大的情緒支出（emotional expenditure）。因為它沒有花費額外的金錢，轉贈也似乎毫無代價。我屬於只愛自己的選擇的那種人。

當然也有故意買入重複的書，以揮霍表達熱愛的事。我以前有個同學，他心愛的老師出版詩文集，他一舉買入三十本，而他本身財政並不寬裕。我也喜歡那位老師，所以那本書我也有三本，就是沒有那麼高調。此外，夏宇的《*Salsa*》，游靜的《裙拉褲甩》，我也各有兩本，一本平日拿來看，一本珍藏。這兩本書，對我的成長時期，以及寫作語調構成，都有不可磨滅的影響，一旦重閱，就好像看到自己的舊皮囊在忘川上漂浮。所以平日拿來看的那本，都已翻到破破爛爛，每次讓人見到都會笑。我們的青春總是會被嘲笑的。

●

今年重複的書特別多，也許是有著命定。我到愛荷華的國際作家寫作工作坊交流，有篇長文要在期間完成，裡面必須引述瑞士哲學家皮卡德的《沉默的世界》，但我忘了帶去，只得著相關工作夥伴替我再買一本寄來。另一本攜去的董橋散文舊作集《小品卷一》，裝幀精美如鑲寶石磚，我轉贈予在愛荷華的《今天》前社長譚嘉女士。但因為看了一半很想完成董橋那些精緻的小品文，又著朋友替我重買寄來。我以為我可以戒掉在旅途中對夏宇的依賴，結果還是很想看《詩六十首》，又著人替我捎來，而在歸程之前轉贈中國作家池莉。

回想這些時我忍不住對自己嘆氣。已經愈來愈多地，在旅途中重複去同一個地點，在文章裡引用同一段句子，因緣際會又買重複的書。我是雙魚座，難免重複；我隱隱憂煩的是，這些重複到底會把我引到命運的哪一處。有些事情會被忘掉，但如果它重複、而你又發現它是重複的，它就很難再被忘掉。腦中打了一個結，而未知有何意義。記憶與命運在玩弄我，而它們本質上是無情的，一如作為大量複製的印刷品的，書——又細節無窮，那麼難以消化。

重讀

如今，讀書的人必須面對兩個悖論：一、大部分有一定意義及價值的書，都需要重讀；二、好書愈來愈多，而生命的時間是永遠的減數，永遠的捉襟見肘，重讀其實是十分奢侈的。想起小時候開始以讀書為趣，成年後以讀書為業時，實在想不到有一天連重讀都成了奢侈。

而又加之我是一個用力不終的人。張大春《城邦暴力團》裡「楔子」一章，寫敘事者張大春在寫碩士論文期間，春假裡窩在大學宿舍裡過著老鼠一樣的生活，每天泡舊書店，但從不把一本書由頭至尾看完，而總在看到快要結尾時，就依著些許自我想像的線索，跳到另一本書去。「楔子」這章亦幻亦真，後設之餘轉入魔幻現實，指涉張大春讀碩士的真實經歷；我則情願相信每一個不夠紀律的研究生，都有這樣的經驗與心情。所謂研究，最重畫定範圍；對某些人來說，即如野馬被圈養，總要逃離樊籬——也不必花言巧語，說到底，我就是養不成把一本書徹底看完的良好紀律。

被我整本看完的書，甚為稀少——又因為少，特別成了心願，能整本看完的書，就好像天天穿穿到破了的衣服，那感情一言難盡。家裡空間永遠不足，因而時常要把書放售而望騰出些微空間；我是有積書癖的人，每次只放少量三數十本，杯水車薪的拖延一下空間爆炸的期限。當審視再三，這些被我賣掉的書，其中竟然是未看過的多於看完的。看完的書，成了腦中的資料庫，若有天要重讀而找不到，就會分外的恨自己。

由此看來，重讀除了為解決工具性的資料查找問題之外，其實背後還有舊情綿綿。資訊發達的時代，我們會愈來愈想重讀舊日的書，這和音樂都網上發布之後精選雜錦碟才愈發好賣，是一樣的道理。自戀、自照，通過舊日之書，讓我們重新肯定自己存在。

●

一般是在病中，才有機會揮霍時間，一嘗重讀的奢侈。不知怎麼，一旦有小恙，病懨懨頭昏昏但又睡不著那種，就去讀古典文學、詩詞、《世說新語》、《聊齋》。說到聊齋，就想起馮青年輕時的詩集《天河的水聲》，裡面有一首〈試調聊齋〉：「如果乍遇便想起薄倖／故事變得好煩人」。這種現代的不耐，給《聊齋》的幽深打了另一層底子。如果《聊齋》本是儒生書齋夜讀的綺念狂想，那麼對應起來，或者一個女性工作狂是要到小病臥榻才能體會。馮青早年好像被歸類為「閨秀派」？小病窩在家裡做宅女，原來就接近閨秀。

我的詩詞都是初中時背的，如今已忘卻不少，今年多小病，彷彿重回中學年代。病中讀詩詞，原來又分外覺得春愁病酒的宋初晏殊、馮延巳、歐陽修等一派更為親近（秦觀也混淆不清地算進去）。說起來，初唐的幾位詞人都是大官，有富貴氣象，愁多乃因思緒複雜，像馮延巳「獨立小橋風滿袖」這句一直深得我心——不過我一直住在城市，下面市聲喧囂，從來沒有小橋可以獨立。風滿袖懷，其實也是拋不下理不完的現實繁瑣吧，一下子就轉入了「平林新月人歸後」，借景也可自療。要真讀到姜夔，就真的太孤獨蕭索，心情難以回轉。

今年五月小病，就讀到晏殊〈浣溪沙〉：「一向年光有限身。等閒離別易銷魂。酒筵歌席莫辭頻。滿目河山空念遠。落花風雨更傷春。不如憐取眼前人。」這首詞第一句和最後一句可以直接連起來作為前提和結論，一步到位——既然一向年光有限身，就該知到最後都只能憐取眼前人，現代人尤其明白時間與資源的限制。不過，中間的轉折銷魂是不是就可以剪掉略過？跨過時間，離別又寄愁於酒，空間也拉到廣闊河山又回到近鏡細描的落花風雨，其實走過了好多好多。所以當說到不如憐取眼前人時，其實抑下了千言萬語的無可奈何。晏殊官至宰相，心思比較複雜，小時候讀不懂他，喜歡小晏幾道直接，但現在老了，突然那些轉折的層次全部浮上眼來，關於欲語還休的疲倦。沒有辦法，只得放棄，並且把話停在第一句：「一向年光有限身」。

●

以重讀文本來說，《紅樓夢》可能是最著名的，不少大家都說這是一本在任何時候讀都可以有新發現的書。八歲時在廣州初讀紅樓，直到小學畢業，都沉浸在書中的華衣美食裡，它和現實裡八十年代中國的物資貧困簡直是徹底相反，文學的迷人於此去到頂點。中學時重讀紅樓，也是背詩詞，初解曹雪芹可以就每個角色營造不同作品風格，委實大才猶若繞指柔。如今對裡面的人情世故多了著眼，感嘆自己人到中年，竟然還是不解人心，不能隨時守分，成天價如黛玉，總把話說到盡頭。

不過今年有機會在學院裡教《紅樓夢》的通識課，順著次序重讀，還是震撼於曹雪芹的傲氣，對性與性別、創作書寫、社會階級之流動差異，看法尖銳偏激，不與人同。余英時說《紅》裡有「清」與「濁」兩個世界，我倒想說，曹雪芹以清眼看濁世，以濁眼看一切道貌岸然，貴族、寺廟、書塾，均被他以近乎癡狂的方式調侃衝擊一遍，應聲而倒。這個時候我才真的好崇拜他，覺得要以紅樓的標準做人。

哎，不是說要學人情世故的麼？怎麼始終最崇拜都是叛逆者，恐怕又學不到隨時守分。重讀，也就是一個重新發現自己的過程。書，乃是情感與信念，都不能突然斷裂。那界限，其實就是自身的輪廓。

書在人在・文字與肉身

香港文學生活館自二〇一三年底開始，進行了一個系列性的跨界創作，「文學刺青」，去作為推廣香港文學的行動。計劃邀請一系列文藝界人士，選擇一個書名，由青年書法家徐沛之寫在他們身上，然後由資深攝影師沈嘉豪拍照，再在網路與媒體上發布。照片的藝術效果引來很大迴響，也許是因為，很少有見到文化人這樣以一己肉身去帶出一本書，所謂「奮不顧身」（粵語謂「抛個身出來」），其中的震撼帶著刺激性。至今夏，文學刺青一系列作品在牛棚1A SPACE藝廊展出，作為首屆香港文學季「書在人在」的核心活動，大尺寸藝術打印輸出的作品懸在牆上，我們才更清楚地見到了書的靈魂。

參與人士以作家為主，包括陳冠中、董啟章、陳慧、周耀輝、廖偉棠、潘國靈、飲江等；也旁及非純文藝類的作者，如文化人馬家輝、梁文道、張鐵志等；記者陳曉蕾；學者司徒薇；講故事人雄仔叔叔等。也有其他藝術界別人士，如電影導演邱禮濤及麥曦茵；設計師劉小康；歌手黃耀明；獨立樂隊 My Little Airport 成員阿

P；舞蹈家梅卓燕；藝術家蔡仞姿及楊秀卓；劇場導演甄拔濤；西九文化區表演藝術總監茹國烈；激進左翼立法會議員梁國雄等等。名人的效應帶來極大關注，大家都很期待揭曉下一張發布的照片中主角是誰、擺什麼姿態、寫什麼書。

常被媒體問到，為什麼會選擇這些人？其實在策展的角度可以套套邏輯地回應：能夠找到這些人，主要是因為他們願意。因為他們都曾在生活與創作上與文學相關，關心文學和書籍，又喜歡這個藝術的表達方式。有時候他們一聽到就欣然答應，廖偉棠當然一定要選也斯的《雷聲與蟬鳴》，此書在香港詩歌史畫出一整個本土的向度；也有人會想寫自己的作品，如陳冠中主動提出，他右手手臂上有一個相當大的傷疤，從來未展示於人前，但也不是特意隱藏——陳冠中一貫輕描淡寫——很配合他的《什麼都沒有發生》此一書名，於是傷疤就與他腕上的西藏鮮艷佛珠一起留影了。文學生活館的成員多為作家，一開始就由潘國靈、董啟章、馬家輝、梁文道等友好先做白老鼠；後來再向外邀請其他知名人士，有時也會有碰壁的時候，像很多重視文本自足、個人退得很後的作者，就會拒絕我們。有時是由藝術團隊建議意念，像舞蹈家梅卓燕聽到我們建議的意念：她友人也斯詩集《東西》，配合她個人在舞蹈上融合東西的實踐觀念，就欣然答允。詩人飲江本羞赧地婉拒，但想到了在耳朵上寫黃碧雲《七種靜默》這個書名，就主動打電話來說要做。不過像游靜那樣主動的藝術家，要寫也斯隱名的《狂城亂馬》，她是近乎堅執的，自己先做了試樣，當日還去剪了頭髮——因為她認為《狂城亂馬》是也斯最好的小說，「深刻記述了英殖香港的慌亂與民粹，以至作者至死都不能承認是他寫的。卻又給他從未有的自由，寫出畢生最好的小說。小說的內容、小說的身世，時刻見證著，我城的瘋狂、壓抑、欲望與失憶。」「文學刺青」，始終是一種對文學與書的熱情，以青色的火焰燃燒我們。

文學刺青看來焦點在於書和人，但有份參與計劃的藝術家阿三在在提醒我們，其中跨界結合的藝術表達乃是至為重要，讓整個系列立足於藝術的標準。青年書法家徐沛之接受了這個挑戰：傳統書法的三大物質元素是紙筆墨，今次筆仍是他自己的筆，墨則混入人體彩繪油墨，而以人身為紙，更是極大挑戰——在傳統看來就是大逆不道了，也是沛之天性反叛，才得以成事。徐會參照書名適合的情緒氛圍來決定書體，書寫根據人體部位來決定筆勢（鎖骨、眼皮、額角、鬢邊、後背、指間，什麼古怪部位都有），寫出來流麗動人，以致被拍者寫之前多半擔心「之後能否洗掉？」寫完就說「如果洗不掉就好了」。徐沛之說，書法本是個人孤獨的修行，這次文學刺青則要與不同人互動，創作過程裡充滿了聊天交流，也是個很特別的體驗。

寫的過程也是一種藝術體驗。詞人周耀輝要在眼皮上寫他的書《如果我們什麼都不怕》，眼皮敏感、親密，堪可指向危險與懼怕。寫時須把室內燈全部熄掉，以免光刺激到眼皮跳動，筆尖方寸之間差之毫釐謬之千里，把書法的關鍵在剎那間迫出。

攝影的整個設置更是對照片藝術效果的關鍵影響。沈嘉豪一向風格並非走美侖美奐的人像攝影路線，反而善於賦人物以超現實的異樣氣質。他使用古董鏡頭，ISO只有12，聚焦的文字部分極其精緻，焦點外圍則形成模糊的晃動感，令照片有別於一般端莊穩重的文學呈現方式。底片已是絕版的，而每次拍攝後要等到數日後沖曬出來才見到真正效果，室溫焦距等等都會造成不穩定性，就如文學刺青整個計畫，都是緣分的相遇，時間的茫茫之海裡，以字搭成浮橋，連結了人與書，作者與觀者。

做過書店的藝術家梁美萍，一眼就看出這些書其實都非暢銷大書，而是文藝小眾熱愛的低銷量架上書（或曰倉底書），平日就是在架上只露出書脊的書名，而現在有了肉身的盛載，才見朗朗天日。執筆之時，又收到臺灣金石堂書店營收不利而有大店熄燈的消息。其實好生傷感。我們都想要以各種方式去守衛書，有的朋友投身出版和書店作精衛填海，有時我們換些方法以藝術去取得空間與注視——總之，有人就有書，書在人在，挺身面對時間的淘洗。書在市場上也許將要死亡，但它的靈魂附在我們體內，彼此就有了另一種時間。

書展與廢墟

書展有一種隱藏的憂鬱。尤其如果那是一個大型銷售平臺的書展，那就像一個繁華忙碌的城市背後，有默然蔥郁的憂鬱。

香港書展經過二十六年的經營，已經變成一個龐大的圖書銷售平臺。以香港的媒體習慣，一直的報導都是集中於開幕人潮的嚇人、人流及銷售數字，以及尾聲的劈價促銷之誇張。後來經營書展的貿易發展局決意營造文化品牌，加入文藝講座及展覽，宣揚文化價值。然而人們還是把書展叫作「散貨場」，對它最深刻的印象還是，大規模的銷售。

近年幾乎年年都要就「香港書展是否一個散貨場？」的問題來作回應。我通常的回應是：書展的銷售性質已成，積重難返，已成本地出版社的命脈所在；但我們還是要看其文化的視野，並且不能單以銷售成績去決定成敗。無奈的語氣，並不能制止重複的問題。有時我乾脆負氣地說，書展時裡外鐵桶似的圍了三圈人，單說要拿到一本書來看，都已經要很好的身手，這不是散貨場，是雜技場才對。

作為顧客我很少到書展買書，文化類書籍銷售曲線較長不爭朝夕可過後才買，也不適合雜技場上翻看。出於交際，則到攤位探訪友人，聊天擁抱。作為文青，便直入文化講座，繞過賣場。不過我很小的時候就作為書展某些文化攤位的兼職工作人員而在場，從實際操作的層面去認識這個喧嘩世界。至於今年，則因為替何韻詩編輯了《就這樣認識了》一書，關心銷售，以致重穿賣書的圍裙，日日叫賣。

人流如鯽，衝鋒陷陣，小孩與父母齊奔，青年們拿起的都是薄薄的流行類書籍。鬧市一般，無由道語。梁文道寫過，他在書展攤位叫賣之際，遇到牽著孩子的舊情人，無暇聊天，生澀寒暄，人潮擋開了他們，只能漸行漸遠。「擠進攤位，脫下外套，我握緊麥克風，與搭檔開始又一場的表演，想要截住書展那五十萬的人流。我是一家出版社的社長，我是沿街叫賣的作者，我是恬不知恥的賣藝文人。」「我應該說再見，那一切過去與未來的，該來的與不該來的，『再見了！』但是，我說了一個笑話，哄堂大笑，大家真的過來買書，而且索取簽名。拍檔與我相視一笑，都算滿意。」是的，書展的辛酸與憂鬱，總是顯現為禮貌待客的笑容。大型銷售就如大麻。迷幻無重，面上有笑容，口裡產生乾渴感，燈火通明，再來再來。沒有停頓這回事。一旦停頓，就可能脫力崩潰。

而散貨賣場都有盡頭。二〇一五年的書籍風潮只有一個，就是雨傘運動相關書籍造成的出版及銷售潮。但限於政治氣氛，書展並不敢高舉這個現象，脫節已成必然。更有一個現象：書展既成「文化盛事」，以往特區行政長官都會逛書展，買本書製造話題——儘管大家會議論或嘲笑其選書口味，與外國元首比較怎樣怎樣，但那本書畢竟就會賣光。而今屆特首梁振英，則曾特別提到一本由香港大學學生會出版的《香港民族論》，斥其推動港獨思維。這書本來寫得十分稚嫩無人問津，經梁特如此一推，馬上銷清，再版又再版。以負面方式推書，教人好不訝異；將書中的思想標舉為危險及指向政治後果，則令思想自由和言論自由受壓。一個負面的銷售潮，實是一個地方政治上不夠民主的顯示，大陸的禁書就最好賣。重視論述的書生，無力阻止政治人物也無力阻止大眾消費。論述者，有時便成了沉默的影子。

書籍出版與政治民主的關係也不一定那麼直接。在做電視評論節目時，聽過一位旅遊俄羅斯的博客，說到俄羅斯的書展是露天擺在紅場上，熊帝普京也來買書。在節目上無暇補充，但我當下腦裡便浮現，自俄羅斯白銀時代以來的知識分子，他們堅實高遠的文人傳統，多少不畏強權的作家寃死或流亡，像《齊瓦哥醫生》的帕斯捷爾納克因得到諾貝爾文學獎而遭政府發動莫斯科文學界全面批判，幾乎驅逐出境，七十歲時死於寂冷家中。這樣的國家，一直有知識分子世代起而對抗，遭受各式的詛咒，而他們的傳統寄寓為書，與一個獨裁者同時出現在紅場的天空下。世界有時就是這樣一個無法理清的巨大反諷。或者是因為書就是性格矛盾的一種存在。

我也到過臺北書展好幾次，二〇〇八年來時，臺北書展還是一個比較業內專門的書展，安靜閒適。活動場地開揚，我在當時風格特別前衛的行人出版社處買了陳傳興《銀鹽熱》等一系列小書，還有幾本簿子，如今還在。來臺北書展往往便是見朋友，在師大商圈找舊香居，一家小店到另一家小店，堅壁清野地喝酒抽菸，興盡方歸。這是書的緣分，從書的性格裡拆出一個薄薄的層面，著實美好，如同夜裡靜默開放的夕顏牽牛。

像任何人都能發現的，臺北書展愈來愈像香港書展，包括攤位設計和人流。在書展結束的時候，書攤的朋友再報優惠價甚至直塞給我，美麗的攤位開始像沙堡一樣傾頹，我一逕跑到二樓，從上鳥瞰整個展場的清拆過程。他們竟然在收場的那一刻便截斷冷氣，關掉主要光源。於是那灰暗更讓我擬想文明的陷落，有一日我們都要在廢墟中醒來，世上沒有不凋敗之物，那唯一開合的瞬間，我們在盡力後，只能肅穆凝視。憂鬱有時讓人清醒。

偷書那些事兒

有些事情沒有做過，心裡竟是若有憾焉，覺得自己哪裡有了缺失，人格不完整，某方面的能力不足。我月亮落在天秤，精神方面就是太要體面與平衡，犯不得罪；怡情養性可以，深執怪癖不多。

也許是我把偷書這件事想得太浪漫，《偷書賊》這種書好像是不能滿足我的，覺得太美好，在戰爭時期對書產生美麗嚮往，以撿來的《掘墓工人手冊》為啟蒙，在防空洞裡給避難的人讀書，還有富家人士提供藏書閱覽，壓根兒沒有一點犯罪的氣息，只有對書的啟蒙之光的戀慕。在某些巨大艱難環境（往往與政治有關）之下，偷書起碼比禁書正氣。韓少功散文〈漫長的假期〉，寫他在文革的少年時期，圖書館關閉，書店裡只剩下馬克思、列寧、毛澤東一類紅色聖經，學校也停課了，然後學校裡發生偷竊大案，牆上竟被鑿出洞來。紅衛兵們去檢查、防衛、搬書，過程中也左翻右看，擠眉弄眼，後來便開始談論些陌生話題如舒伯特的音樂、列賓的畫、什麼小說……，原來他們還砌成了「胡志明小道」，攀樑走壁，進入臨時書庫上方，可以直接縱身跳入書海——書疊得半牆高，它們比大地柔軟。革命小將們在那裡，坐著讀，跪著讀，躺著讀，趴著讀，小睡再讀，聊一會再讀，讀頭暈了傻笑打鬧。真是閱讀的烏托邦。

所有的書都禁了，然後每個學生家裡都有成堆禁書。這就是「革命時期」的浪漫。十年的文革，以致人們有時不知道它會過去。韓少功記載，多年以後，他一位姓賀的學長帶著一柄鐵鍬兩個麻袋，夜闖省城最大圖書館，偷了價值近萬美元的進口畫冊——他當時在修美術。後來事跡敗露，賀生遭起訴後判一年徒刑，卻得到老法官庭外笑咪咪的說一句：「如果我兒子也像你一般愛書，我就放心了啊！」

確實，癡迷的欲望，有時是由匱乏的環境催化。現在資訊氾濫，什麼都可以上網查，書放著都沒人拿，那麼賤。

愛書狂總要蒐集關於偷書的歷史故事，以示怪癖同道，也許就像塗鴉繪者們在網上看到他國有其他的塗鴉繪者冒險喪生，致以深切哀悼。十九世紀三、四十年代，義大利人利百里，一方面是個藏書家、從事珍本書籍買賣，一方面是個圖書館的災難。一八三〇年他遷居巴黎，兩度爭取皇家圖書館職位不果，一八四一年，他終於出任「公主圖書館整理典籍手抄本書目委員會祕書」，據說是那時開始他的偷書生涯。利百里身穿大斗篷，像鴿子一樣出入法國各圖書館，而有鷹隼的目光，下手者皆為珍寶，鳳凰無寶不落。整本地偷倒還罷了，有時他是把其中幾頁撕下來偷走，真是禿鷹之掠奪本質。而一如其他積習慣犯，利百里也喜歡將自己的戰利品到處展示及販賣。東窗事發，利百里捲包而逃，隨身帶著十八箱藏書，價值二萬五千法郎，當時法國工人一天工資只有四法郎。利百里後來被判刑十年，而一群政要、作家、藝術家則出來為他辯護（可想而知，高貴如他們也很難接受自己買的是賊藏），其中大作家梅里美說：「利百里是我見過最誠實的收藏家，我認識的人當中就只有他會把別人偷來的書拿去歸還圖書館。」

也有一個偷竊者歸還書的故事，香港作家淮遠，其七十年代的散文《鸚鵡韆鞦》被黃燦然等文評家盛讚，為香港文學的best kept secret。淮遠有七十年代反叛青年衝擊建制的狂氣，在文中公然記述自己偷書，並深刻強調一個業餘小偷的執著與尊嚴，不許人們把騙子與小偷混為一談。敘事者在書店偷了一本西蒙波娃的小說《他人之血》，卻發現裡面缺了一頁，他沮喪之極，一整天都覺得無法抬起頭來做人，不是因為被發現偷竊，而是因為自己竟然偷了一本不完整的書。結果他把那書無聲無息地歸回書店架上，那時架上還有四本《他人之血》，內文完好無缺，但新版封面比不上舊版的有味道，於是他無興趣「問津」。淮遠以近乎新聞體的客觀精確冷靜語言，寫其內心怪異執著，與看來無異於常人、只在小處作強迫性執著的行為舉動，不知是否算是一種左翼的guilty pleasure。

我沒偷過書。勉強就是中學時，看一本詩詞評論集，覺得好看，就向圖書館報失，據為己有。回想起來，付了書價、行政費、逾期費，而且是自己送上門承認的，離犯罪還有相當距離。至少毫不刺激。只能算是精神上罪犯自私，也實在缺乏一個偷竊犯的耐性、技術和鬥心。我太懶了。

一九九〇年，史蒂芬・布倫伯格（Stephen Carrie Blumberg）被美國ＦＢＩ逮捕，四十一歲的他花了二十年時間，從美加各圖書館偷得古籍珍本及手稿，共二萬三千六百種，媒體初估價值兩千萬美元，法院最後判定為五百三十萬美元。ＦＢＩ將這批藏書裝箱，動用了八百七十九個紙箱，重達十九噸，租了一臺四十英尺長的拖拉機掛拖車。布倫伯格從來沒有賣過他偷回來的書，從早到晚都在讀書，二萬多本書都經細心分類，很周全地幫每本書去除書標館印等有關所有權的所有印記。像韓少功他們，布倫伯格也像電影那樣在通風管道或天花板夾縫中蠕動爬行，偶爾也會像電影情節般撬開電梯頂蓋爬纜線到他想去的特藏室，有時還得縮著身子躲在送書箱中沿著送書機軌道進到管制書庫區中。比較智慧型的部分則是偷證件、換照片然後裝成教授，進入書庫後偷拔鎖芯，拿鎖芯去加拿大配一付萬能鎖匙，其後在哈佛圖書館如入無人之境。

魯迅筆下的悲劇窮酸秀才孔乙己說「竊書不能算偷！」是一個讀書人的自欺欺人；而悲情的是，竊書，又能賣到多少錢呢。犯了罪也不能獲溫飽，這和《祝福》裡祥林嫂捐了寺廟門檻被千人踏萬人踩，仍然不能心安理得，乃出一轍。香港書店偷書也盛，二樓書店在旺角，據說常有白粉毒癮患者上來偷書賣錢頂癮。這部分讓浪漫破滅。書店店員與偷書賊是勢不兩立的，在書店工作時，西方哲學外文區及外文小說失竊甚多，我偷偷幻想過是有眼光的愛書狂——而後來真抓到過一個偷書賊，打開他的包包，最後判定他偷竊只是看厚度，專選外文書及比較暢銷的CD。抓到他的店員同事則一點欣喜也沒有，只希望永遠不要再見到他。香港藝術家梁美萍以前曾在她的書店當值，有個很熟的客人常來聊天，有次她剛上班，正好遇到那熟客從書店廁所出來，身穿一件長風褸，她見到熟客很高興，「喂」一聲從後大力一拍他肩膊，那熟客肩上嘩啦掉下兩本書來。她呆了，不懂反應，任由那人走了。

帶書旅行

帶書旅行是Problematic的。是以經操作的書名會是「帶一本書去旅行」，一本就好了，不能太多。而我則心想，怎麼可能只帶一本書去旅行呢？如此行為，大概暗示這個人把書視作消閒。

我去旅行必須有書：如果是短期旅行，會帶六、七本；如果是長途的，如去年到愛荷華國際作家工作坊交流，則帶二十本左右。包括不同類型書種：必有詩集，因為詩作較短，旅途中可輕易閱讀，詩也特別具有把人拉到另一語言所構築的異境之能力；同理，散文斷章集也會總選一兩本；也會有輕一點的文藝小說，因為覺得旅行的輕盈可幫助我輕易進入他者的故事；必須也要有理論書，因為假如我精神狀態混亂迷茫，特別需要理論的語言去讓我清醒過來。由此看來，書即使是在旅行中，仍然象徵著「選擇的可能」，選擇不同的書種，選擇在不同的語境及世界中進出，背後的假設是我永遠有著不同的需求，以及書可以攜來異樣的世界。

但一般人而言，旅行本質就是在異樣的世界進出，以及由外在去滿足及更新旅人的需求。那麼，書本身就是旅行——亦即是說，書與旅行，可呈替代狀態。一位熱愛旅行的女生說，她會帶kindle或平板電腦，因為書太重了，會走不動。我望著她，恍悟於自己旅行時為何總是那麼懶惰，也對於風景景點不甚執著——因為我心裡覺得真正足以稱之為異樣的，是文字抽象的符號世界，並不介意它替代外在世界，以致令我某程度地是在現實世界中停滯，亦不為可惜。書是執著。我為執著吃不少苦頭。

●

大學二年級時第一次獨自旅行，到山東省的濟南，當年帶了十幾本書，其中有不少是看過的、床頭書，像當時新出的夏宇《*Salsa*》、鍾玲玲《玫瑰念珠》、游靜《裙拉褲甩》。我依稀記得，帶著這些書是為安全感，覺得這些必須也在異鄉的床頭，隨時可以查看。結果那次旅行一下看完的是非常乾燥工整的胡亞敏《敘事學》，神清氣爽十分愉快，覺得清空頭腦後能吸收一門新理論真是太好了。那次開啟了我帶（輕）理論書去旅行的習慣——但現實上則被扒走了證件和手提電話，從此我獨自旅行總會出點小事情，迷路、丟相機、錯過航班、住到不對勁的酒店，也開始了我迷糊危險的旅行歷史。

二〇〇八年九月到臺北出差，四天三夜的行程排得很滿，我卻在酒店裡看完了寺山修司的《幻想圖書館》，記憶中裡面的書沒一本看過，甚至也不追究其真假（有懷疑說很多書根本是寺山修司自己虛構出來），只記得腦中的快感，每天都在興奮中入睡，看完時滿口噙香，愉悅之極致。當然像《幻想圖書館》這樣的書是稀罕的，一般妖怪圖鑑並不能滿足我到這個程度。

二〇一四年到愛荷華大學國際作家工作坊交流，帶了二十本書，有些是重型精裝（最重的是阿岡本的《潛能》，連廖偉棠都嫌重），都為想像中滿足自我閱讀需要之目的而忍耐。另外特意選的是一些作家在海外生活的著名散文，像董橋在倫敦時寫的《小品卷一》、陳丹青《紐約瑣記》，都為適應異鄉而選。只是到了愛荷華，發現大學圖書館是個寶藏，便借了不少文學經典，如高陽寫《紅樓夢》、沈從文《記丁玲》，梅志《往事如煙》，都在泡浴缸時看完了。最大的寶藏還是《世說新語》，那些異人妙語我當作睡前讀物，結果迷濛睡去之際腦中全是字詞短句，像是要在夢中自己組構一篇，這種強烈的縈擾我只在兩種情況下遇到過，一是趕寫碩士論文一天寫一萬字的時期，一是學倉頡打字的時候。《世說新語》能以無功利的性質而達到工具程度的植入，語言的魅惑強大如斯。

今年二月，先到首爾旅行，再到臺北參加書展，收拾行李時，首先想到的是《巴黎地鐵上的人類學家》，薄薄的小書手感極好，我突然有種衝動去縫合旅人與讀者之間的矛盾：要不，都選這個厚度的書好了？於是組出邱剛健詩集《在淫蕩出發的時候》、雷蒙．卡佛《當我們談論愛情的時候我們在談論什麼》、雷競旋《窮風流》、黎紫書《暫停鍵》（開始厚了）、齊格曼．鮑曼《共同體》、黃子平《歷史碎片與詩的行程》。覺得這個書單都夠顯示態度與旅行目標，心裡就喜孜孜的很滿足，想起來也是一種無端的小確幸。

●

人們見到我帶這麼多書去旅行，首先問的是，去到當地還會買呀，何必帶這麼多書去？或者，帶去的書這其實是一個很好的哲學問題——你認為，選擇是在目前脈絡中給定而浮現的，還是為未來而開放的？

這或者像某種消費主義時代的特徵：大量的選擇（以商品形式）出現，但卻充塞了生活的結構，讓人在整體上減少了選擇。而它也可能仍是執著的問題——經濟上把過去的決定之代價視為sunk cost，在下一次選擇時應存而不論，但我卻總是為過去買下的書尋找存放空間與閱讀的機會，生命在開放中停滯，就如一隻在籠中飛翔的鳥。

或者這是讀者的宿命。

尋書不得

這是最差的場景：日薄西山，今日我欠稿兩篇，而我認定這兩篇急稿的解救鑰匙，都在艾可的《植物的記憶與藏書樂》一書中。認定。然後，無法找到這本書。一整個日間，在家裡把書櫃上縱橫散亂的裡外兩層書搬來搬去，又把地板上積存的書山搬高搬低，手臂痠痲，腰痠背痛，噴噓連連。就是沒有。

一個長年的病人是大略知道自己的發病癥兆的。這樣大概就是鑽進死角了。像洛夫〈絕句十三帖〉中第三帖：「牆上一根釘子有什麼可怕／可怕的是那／釘進去而且生鏽的一半」。以書去解決問題為藉口，陷入更大的問題：無盡的搜尋。甚至在過程中，忘記了待解決的問題，搜尋本身成為了一種純粹的欲望驅力——欲望驅力是不能滿足的，它只會轉移。

簡而言之，今天全程的時間表和行程都推倒重來，世界只能在找到《植物的記憶與藏書樂》那一刻，方得以重新展開。宿命感，像灰塵，瞬間鋪滿了我的眼前。

「找書」是一個特別的使命。並非所有零售業都像書店那樣，必須面對千奇百怪而分外彷徨的失群動物。「為客人找書」是所有愛書的店員之最大使命，那種單獨特別服務，在流水作業機械上書找贖多謝的流程裡，顯得不成比例的尊貴。書癡的這種執著不知是哪裡來的。以外在原因分析，大概是「書」這種商品，外表相近而內容劃分極細，品項數量又可至無窮大，需要比較專門的知識，而求之不得的人，是相對絕望的；內在而言，除了對書籍能夠解決生活中的實際問題（尤其養生治病類）因而需求急切，其實某些求書的欲望還在於精神與想像層面，就是由想像催發的符號欲望，其過程比電影等視覺欲望更為漫長深刻。真的，某些來書店找書的人們，臉上近乎絕望的欲求，與錯亂——我必須承認我應該也有過那樣的神情——可能是在仍需要到CD店等待外國偶像唱片到貨的人臉上找到。很少有人到時裝店裡非要找到某件衣服不可；在超市裡找不到某日用品，也一般會找替代；我們好像比較沒有那麼迷亂失措，唯是找書時，就好像著了魔一樣。

也就是說，書是多種失落動物的倚賴藥物。所以才會有《書店怪問》那些從全世界蒐集回來的令人發噱的怪問怪答。

顧客：你們有《一九八六》這本書嗎？

店員：《一九八六》？

顧客：對，歐威爾寫的。

店員：噢，是《一九八四》。

顧客：不，是《一九八六》，我記得書名，因為那是我出生那一年。

店員：……

顧客：可以麻煩你幫我找本書嗎？

店員：沒問題，請問你想看什麼書？

顧客：（傾身靠近）我現在覺得很脆弱。

如果說書是一種讓人得到知識與理性的事物，那為什麼，在尋求它時，反有這麼多的人在尋找它時顯露出如此的失控與迷亂？或者，就如佛教是一種教人放下我執、平靜心情、看破一切的宗教，但卻有那麼多狂躁貪婪的佛教徒。書如宗教，折射的是願望，多於現實。

如果家中井井有條，書與空間的比例呈合理狀況，書自然找得到。這種說法是無法舒緩任何找不到書的痛苦的，因為書與世界的比例，一直就是人類其中一項最大不圓滿的根源。盛載如許偉大的理念和歷史的書，只佔世界的這麼小的方寸空間，根本就不公平！我懷疑許多書癡之過度購物的扭曲心理，就是這種意在平衡的想法而來。

書其實沉默而無助，就在架上。過度購書又不捨放棄者，自然就是深信它們有用到的一天。所謂書到用時，往往不過機緣開啟的一瞬。我記得香港有位深研歷史的前輩讀書人雷競旋，他出版文集《據我所知》時向我說，推介書與知識要乘個時勢，否則無人問津。然而若果得勢，自然就把知識打入常人腦中。雷先生溫文爾雅，但我聽那論調，腦裡自然浮想到箕踞如鷹之勢。

說甚箕踞如鷹、待時而飛，現在明明是書到用時，明明知道就在家裡，卻因為太亂而找不到，浪費機會——簡直是辜負了書。於是埋頭繼續找。

家中空間藏書已達氾濫的囚徒，重複地遭遇這些死角。找不到書，就可能會衝出去買一本。所以，也許，城裡有二十四小時書店的臺北朋友，或圖書館二十四小時開放的美國朋友，未必能體會這種痛苦。找不到書的時間，往往是午夜或過後。光線昏暗，身體疲累，加倍難以自控，也不接受現實。一找不到書，就覺得是借書未還，腦裡會真的出現某個朋友拿著書借走的畫面，而明明是虛構的。

●

我記得賣書的前輩有說，書店是許多人解決問題的地方，我們在生活上有什麼疑難、心靈上遇到什麼創傷，都會想走進書店去尋求藥方。這是一代人的信念。張艾嘉的《念念》就是，所有家庭問題的死結，都可以在書店裡尋到解決的出路。現實不一定如此浪漫。下一代人大部分問題都會由網路來解決。

關於解決。除了衝出去重新買書，有人會說，上網不就行了嗎。如果不是全本下載，則上網所得的碎片資訊，只是飲鴆止渴而已。我另有一種使用網路的解決方法：上臉書，打一個氣急敗壞的訊息，大叫「是誰借了我的XXXX一書」，然後儘管沒人投案，那書總會在一兩小時內找到。這不是迷信。

但我這次沒有在臉書發帖，那麼我是如何解決事情的呢？我在尋書半途中，找到了鄭振鐸先生的《失書記》（繁體版）、《廢紙劫》（簡體），突然覺得事情解決了，便安心寫成這篇稿。鄭先生失書於戰火、中國亂事，求的是珍罕古書，整理的是國家圖書館，分書是全國圖書系統分售。全都是高空掠過。我的痛苦，不過是芥子的呻吟。完全無關的一個平行世界掠過。突然我覺得可以靜心寫稿了。

以我的尋書經驗看，書店、圖書館與書都是迷宮，我只是在迷路，用一個新謎題抵換舊謎題，把解決延宕。從來都沒有任何事可以解決。

電影是書的剩餘

電影是書的剩餘，只是它有著比較膨脹的形式。我喜歡許鞍華拍蕭紅的電影《黃金時代》，但在港公映期間我不能與會，票房據說不甚佳（大陸亦然），兼遇雨傘革命無人進戲院，時也命也。挾金馬獎及後來在香港電影金像獎大勝而回，臺灣公映時迴響看來不錯，蕭紅作品出版亦有聲勢，顯見關於文學及其衍生物，時間是必要的容器。書永遠有它自己的剩餘，就是這個意思。

《黃金時代》是一部散文電影，戲劇性和情節性被處理為淡漠，由角色敘述的話語內容接近紀錄片的旁白，感覺就好像在閱讀一本蕭紅研究書籍。許鞍華素來尊重編劇，《黃》的編劇李檣，對於電影的整體面貌影響甚大。自《孔雀》、《姨媽的後現代生活》以來，我對於李檣的印象一直是「眼高於頂」，看平凡人的欲望與生活時帶點嘲弄的眼光。不過這次處理的是大作家、大歷史，李檣所持的便近於是平視而近於恭謹的角度，輕描淡寫不誇張。文人的對話者若是文人，大家便平起平坐。而李檣這次立足的高度在於，他是與歷來的蕭紅研究對話，以致有布萊希特式的間離效果（即角色突然自劇情中脫離出來，面向觀眾敘述另一個敘事層的歷史評論），還有蕭軍蕭紅駱賓基三角相逢攤牌的幾場戲，呈現了當事人各執一辭的兩種敘述，這種後設性質，取代了戲劇化，決然確立了一種質疑真實與歷史等大敘事的姿態。

《黃金時代》所敘述的這個蕭紅故事，進入了歷史上蕭紅研究的爭奪戰。以往，在中國大陸的文學史敘述中，蕭紅是愛國主義的「東北女兒」，東北作家群是受共產主義熱情號召而加入抗戰的愛國主義作家群，一切被收歸民族主義之下，三、四十年代被認定為超越五四的小資產階級革命而向左翼革命發展的進一步階段。這當然也就讓我這種抗拒民族國家的中文系學生興趣缺缺。及至後來，在漢學界的一些評論中讀到蕭紅的另一重意義，包括最著名的劉禾〈文本、批評與民族國家文學〉，就是以女性主義的身體向度，重讀蕭紅的成名作《生死場》，指出身體不但是蕭紅小說中生與死的場域，更是其小說獲得意義與內涵的根本，蕭紅筆下代表東北苦難的頭像是女性。劉禾並批評，以民族國家的框架去審視蕭紅，會看不到蕭紅當時對主流話語的顛覆意義。當然劉禾文章歷年被不少大陸評論批判為「以偏概全」，此為一篇挑戰性文章所應得之禮遇桂冠。

劉禾文章收於九十年代初唐小兵所編的《再解讀：大眾文藝與意識型態》；二

十多年下來，中國電影崛起再成為世界最大市場之一，國家資本主義取代共產主義烏托邦，蕭紅近年也紅起來，當然讀她小說的人不比八卦她情史的人那麼多。二〇一三年大陸導演霍建起拍的《蕭紅》，即以愛情包裝，將蕭紅通俗化、煽情化。相比之下，《黃》的輕描淡寫，就是一制高點。如果國家民族是「正史」，愛情八卦是野史，《黃》所依據的，文人文集書信研究之史料，就是一則介乎正史與野史之間的，文人歷史。文人自有人文關懷與家國情懷，但起點往往是個人主義與自由主義，此二者在一九四九以後的中國，始終受著壓抑。蕭紅的寫作關注社會底層與邊緣人民，相對於張愛玲來說當然是「左」；但她的女性視角與自傳色彩（尤其《呼蘭河傳》），也曾被茅盾批評為描寫階級壓迫不夠著力，而蕭紅對此的回應是：「作家不是屬於某個階級的，作家是屬於人類的。過去或者現在，作家的寫作的出發點是對著人類的愚昧。」這種「中間性質」，在今日算是關於現代文學的普遍常識，但在戰亂時期的中國顯得多麼邊緣。

在《黃》之中，女性的自由與作家的自由乃一體兩面，因此所秉持的就是一種邊緣視角。一個在戰亂時期希望好好寫作來完成自我生命的女作家，也只能飄零到邊緣小島香港，邊緣有孤寂的自由。電影肯定了蕭紅的這一願望，並將她的生存與寫作以互證方式呈現，概括為自由主義的追尋。有趣的是，「只想安靜寫作」的純粹性，是香港許多作家的共通特質。因為在香港寫作，無名無利，更無文壇中心如京派海派的排場霸氣，寂靜就是一種挑戰。著名詩人北島也說過，「只有在香港，你還做詩人的話，你才是真正的詩人。」「只想寫作」的欲望，只有在香港這個對文學如此不友善的地方，才能最大地敲問每個作者的心靈。香港不是什麼好地方，但它會讓你覺得，單單有這樣的自由，安貧匿靜，已經足夠投入整個生命，無論如何都要想辦法堅持下去。

有位身兼編劇的作家曾向我抱怨，《黃》未能拍出「民國範兒」，我回道，「民國範兒」指的是魯迅、胡適、徐志摩（連辜鴻銘也算）等知識分子儒雅、精神貴族的風範，他們在民國初期已是成熟的大家。而二蕭及東北作家群生於偏遠，則是這群大知識分子的流風所及，遙遠血脈，末座弟子。雖然一樣的理想主義，但他們沒有條件去做精神貴族，卻成就波希米亞的窮風流。電影幾乎是一字一句地根據蕭紅《商市街》拍二蕭在俄國旅館吃「列巴」（俄語，即麵包），出了月薪就加菜吃豬頭肉，還有排演話劇、讀詩時那種慵懶的夢想青年，一下子從窩身的藤椅裡跳起來口出大言，都與今日搞社運的文青大學生一般樣子，讀港大出來的許鞍華，懂得拍這些人。

香港位處中西文化交界，邊緣者可以質疑中心的大敘事框架，將西方的個人主義與自由主義放入華人及漢語處境去理解，明白中國的苦楚與悲哀，卻不進入國家民族的框框，自為離群蕭索者，豈不與蕭紅命運同構？後設的歷史質疑、文化分析，要拋多少理論？而許鞍華則一直感性而低調，她只是說，我們自然而然，要這樣活。這種就是香港視角、香港口吻，香港最精英的一代就是這樣說話的，有人嫌《黃金時代》沒有對那個時代和蕭紅下一個說法，我就最喜它輕描淡寫，把蕭紅與香港從各種堂皇而偏歪的說法裡釋放出來。這樣的香港像一本難懂的書，也注定是當下時代的剩餘，以待後人重掘。是，自由就是剩餘，被框架排除出來的無名之物。香港與蕭紅同構，而自由與剩餘同義，四者相互指涉。

明亮與憂鬱

那時是二千年初，與香港書展打對臺的小眾文化書節，牛棚書節。我擺的地攤是一些二手書和手作首飾，第一日書已賣得七七八八，第二日便拿些珍藏書籍出去「曬」（粵語「曬」有炫耀義）。梁文道經過，拿起夏宇的《備忘錄》，說：「這本有點意思，幾錢？」我說這不賣的，他便回道「那你去死吧」，這便是我和梁文道的首次對話——由是我知，生意買賣，尤其賣書，是人與人建立關係的一種方式。一種暗中的會心。

歷年在大學裡或書節裡擺攤，我的境遇都是良好的，從不蝕本，要賣的都賣完，不知有什麼運氣，小攤自然脫穎而出。於是偷偷的對於「賣書」建立一點信心：賣自己喜歡而且熟知的東西，應該是可以的。是以後來機緣既至，便成為了香港誠品的首批前線員工，並到臺北信義誠品店人文區實習三個月。

書桌與速度

書桌是書店裡較搶眼地和顧客接觸的位置，被估算較易銷售、入貨量較大的書會放桌面秀出平面，而書桌特別能塑造一家書店的取向和面貌。誠品對桌面十分在意，講究陳列的「邏輯」，即書與書之間形成對話關係，於此店員的專業知識與眼光取向，便有發揮空間。香港原有的其他連鎖書店本來不大講這方面的考量，在商言商而已；即便店員自己喜歡的文藝類書籍，入貨量都偏少，堆出桌面時往往有點弱弱的。

香港銅鑼灣誠品九樓的中心位置，有一張八角桌，可以陳列至少四個不同方向的平面及一個中心高點，由人文區和藝術區平分。我離職前一段時間兼代人文區組長，擺過一張八角桌是《快思慢想》、《思考的藝術》、《如何思考性這件事》、《如何改變世界》，那張八角桌可被稱為，想太多。

香港書店喜歡將大量書扭書花、順角度轉圈圈，誠品則傾向平實堆放，考量山勢般的曲線。滿滿的書堆上桌面，那重量和態勢象徵了態度。陳設大量的書，有時是店員的一個考驗。店員在陳設的過程中，彷彿脫離了書店瑣碎而拘禮的零售環境，進入了一個設計技藝的思考與實踐，近乎沉思的空間。

香港一般書的週期以三個月為計，若銷量不佳，往往便撤離桌面，回歸架上，銷量自然減低。誠品則傾向推動長銷書，書桌上的品項常是眼熟的那些（我就曾驚喜地發現李維・史陀《憂鬱的熱帶》是長在信義誠品桌面的）。後者其實比較易操作，不過必須倚仗大量人流。而我做書店時，不免流露一點香港人的性格，想把書桌做成雜誌，以時興及長銷的主題構成，具有趣味和驚喜，並主要是在速度上接近雜誌，幾乎三五天就換一下桌面。實驗證明，勤換書桌，確實有助提升銷量。香港的生活類實用書籍銷量總是最高的，但我那時的人文區銷量已經迫近生活區。而到好久之後我才明白，銷量的曲線提升不一定是好事，因為凡是變化或不群，都會引來解釋的需要。

書庫與呼吸

華麗的賣場背後，其實是一個簡樸之極的後場，對比有時令人吃驚。書庫是只屬於店員的空間，它既空白又狹窄，書們堆疊在三角鐵架上，幾乎是無語的偷渡者在密閉的郵輪中，等待光線與呼吸。

書庫與呼吸的關係有其辯證。一方面，它與賣場的寬敞光鮮呈相反，必然比較迫仄，呼吸不順；另一方面，它是店員歇息的空間，那些在零售業被塑定為快樂愉悅的員工們，可以在書庫裡稍息，坐下來，從客務的微笑中解放，翻翻自己喜歡的書籍，他們的臉面於是出現一種常人的柔和。那便是在書庫中才會有的呼吸。

我曾經喝斥過一個書庫裡舉行的生日聚會，因為他們的聲浪傳到賣場。做這種事，並不會得到下屬的原諒。我常常流露出不近人情的一面。而我在書店工作的最後一天，那次晚餐我選擇一個人在書庫裡吃飯盒——我想起書上說過，只有狼和人，才會單獨進食。確實我就是一個從小習慣單獨進食的人。於是我和書庫有愉快的告別。人生何處不離群。

書櫃與變化

書桌有邏輯，書櫃與書店區域的劃分，也必有邏輯。銅鑼灣店的二〇一二年八月開店的書櫃邏輯我有份編定，二〇一三年十一月內部改裝。開店期間，幾個傲視同儕的地方：外國文學齊備幾個中島櫃，西方哲學外文高櫃，文學理論中島，詩中島，會家子來到都會說「真的比其他地方齊」。外國文學中島群是西西常逛之處，西方哲學外文區的氣派一度讓獨立書店的店長感到憂鬱，文學理論中島備受最高級文青肯定，詩中島周圍遇到過多少詩友就不必講了，人人驚訝「竟然把詩放在這麼中心的位置」，其實那時外文詩集的銷量很不錯，因為接近獨家。

改裝之後，我最想念的詩中島和文學理論中島，面貌必變。詩中島定位其實是臺灣同事提議，走道通天光亮開揚，要給詩最好的位置。文學理論中島我其實沒有機會理它，只是最高傲最早離職的同事K走前，我和他一起整理過一次文學理論中島，他還冷然道：「不放心我一個人做？我做完你再檢查好了。」他不知道那是我首次親近文學理論中島。理論的空間總是愈縮愈小，當時很多想買而未買的外文文學理論，沒有買下，也不一定就能再遇上。我離職前，也特地整過一次文學理論中島，當時同事說我神情異樣。如同我們是船隻，它是百慕達。

浪捲平礁，水淹沙島。哲學外文區我是不忍走過去的了，以前工作心情不好時，就躲在那個死角，手指掃著書背，逐個作者的名字唸，便逐漸平靜，所謂「我原是世間其中的粒子／如何衝擊我都可以」。入職一年間，布希亞的五集《*Cool Memories*》究竟只買了一集，同事M離職時送給他，他是我唯一勸得住的人。外文哲學書賣一本是一本，許多都不會再入貨。

匆匆走出商場，十一月深夜，迎面竟是料峭潮濕的雨粉。當代的離愁，不是說以後不能相見；而是指，它將在時間之流中不斷改變形狀，你必須不斷重新調整距離與模式，迎接失落，直至再也想不起原初的樣子，仍然覺得，爽然若失。

書有兩個性質：商品，它必須遭遇汰選和替代，有勝者有敗者；而同時，許多書之所以被創造出來，就是為了自身的獨特性，不被替代。前者令人傾向變化，後者令人傾向不變。那些做久了的同事其實喜歡改裝，因為有種一切重新開始的能量；而有些只憑對書的熱愛工作的同事，則不太喜歡變化，這和愛書的顧客感覺類近。而讓這兩種人相接契合的，就是拆貨的時刻：新貨來了，我們手持鎅刀衝入書庫，跳到夾板上的紙箱上，劃破封箱膠紙，叫出作者和書名，分類上到鐵架和書車上：荒木經惟、《重慶大廈》、《我們最幸福》、《棄的故事》、《鱷魚街》……，鎅刀聲音響亮，新書初見，那時有孩童般的初心。

我在誠品工作只有一年，說不上行家，然而有著不願意忘卻的回憶，以及歷久彌新的，對書的熱情。香港誠品初期對香港書店業的影響，是改善裝修及加入各式推介；後來變成在賣書時兼售食物——買賣你情我願，是否照單全收則是業者自決。零售販賣中所學到的東西，有些受用至今，有些只是純粹的回憶。

女子搬家

搬家是成長，成長涉及丟棄。

入大學住宿舍，於是開始了自己生命中的搬家。由家裡搬往宿舍，總是輕省，記憶中不過是三四個紅白藍，我背著大背囊，抱著一隻大號玩具熊，站在路邊等的士，滿臉狠色恍若殺手上路。大學四年，都不過一程的士便可處理的程度。當時旺角開了只賣嚴肅文學書的東岸書店，很多香港文學的書，素葉叢書，都是這個時候買下，跟我至今。

到研究院住宿舍，四人同住一間宿舍，放書的地方大了一倍，但記得二〇〇三年搬走時，也就是十箱左右的事，大概是因為在學期間還有圖書館，一切 Under Control。二〇〇三年我開始在旺角獨居，開始時有三個書架，心花怒放大展拳腳來買；到二〇〇八年搬走時，書架變成四個，書已經超過二十箱。當時我要搬到唐八樓去。

二〇〇八年八月搬家，當時是京奧，氣氛熾熱而不滿累積。而搬家的人是與世界隔絕的——我在八月初，堅持要買一部舊式的顯像管電視，並且要獨自把它搬上八樓。那時我在看向田邦子，她正好也曾在奧運期間，和父親鬧翻而搬家。我還寫過一篇〈無味迷幻〉，詠嘆日式禮儀之迷幻情調——到這次搬家，幾乎要放棄那一堆向田的書之時，還是長嘆一口氣，放到箱子裡帶走。

二〇〇九年五月搬到官塘，記得是五十多箱左右，已經不能找朋友幫忙，開始請搬家公司搬。那時單位較大，較有增加書架的空間。但是書已經完全失控了，即使是新屋的書架，八個架子根本放不下我的書。住到二〇一二年，架子增加到十一個，地板桌子沙發窗臺，都堆滿書。

文人搬家，最煩的一定是書。書是知識、是歷史、是自身經歷的證據……，有時，它甚至只是一個夢。然而，上述幾種，都是不能放棄的——包括夢。比如不能成為一個時尚女子，便買一本關於時尚史的書；比如永遠讀不好數學，卻可以把一本關於費馬大定理的書，當科幻小說讀；比如把《索多瑪120天》當成自己激進的標誌……，書就是這樣的夢。每個人都有嚮往而不能到達的世界，書卻像是絕望大海裡的一個夢幻孤島。

而搬家的殘忍之處，就是要放棄你無謂的夢想。

女子流離、身與書俱、猶不得存，辛酸當數李清照〈金石錄後序〉，記她如何在戰亂中存書、運書、失書。「至靖康丙午歲，侯守淄川。聞金人犯京師，四顧茫然，盈箱溢懂，且戀戀，且悵悵，知其必不為己物矣。建炎丁宋春三月，奔太夫人喪南來。既長物不能盡載嚴乃光去書之重大印本者，又去畫之多幅者，又去古器之無款識者，後又去書立監本者，畫之平常者，器之重大者。凡屢減去，尚載書十五車。至東海，連薩渡淮，又渡江，至建康。青州故第，尚鎖書冊什物，用屋十徐間，期明年春再具舟載之。十二月，金人陷青州，凡所謂十徐屋者，已皆為慣燼矣。」

上面還是開頭，及後一樁樁數下來，國破，夫喪，輾轉顛簸，失之再三，結果是「所謂巋然獨存者，乃十去其七八。所有一二殘零不成部帙書冊，三數種平平書帖，猶復愛惜如護頭目，何愚也邪！」癡心若此。

有時我對於旅人有莫名的敬畏，不是羨慕他們能去很多地方，而是「去很多地方」這事本身，代表其背後割捨的狠勁、判斷力和行動力。來到這個歲數，我想像中的自我形象是和他們完全相反的：我想抱著很熟悉而永遠看不完的書在懷裡，迷濛入睡，一個字都說不出來，時間就這樣過去……，憂鬱的凝滯，我在其中一成不變。因為留連在書的世界裡，我一次又一次的，拒絕了成長的催逼。

當然，事實可能是相反的。我不知怎麼，好像都成為，與自我想像相反的人。

然後暗夜裡在櫥窗前一回頭看見自己的倒影，霍然而驚。

II

小看書市

用不到的書

家裡書櫃早已滿了，應該要放棄一些書籍，事實上我早已了悟，必須要每年放棄一百本書，再加上控制自己買書的量，人生才會感覺順遂一點。家裡的書堆積，地板上堆著十幾幢書，飯桌上面和下面也都已經充滿了書、報刊與莫以名狀的紙，吃飯是沒有地方，茶具也不能展開，書法也不能練，要在自己的屋子裡發呆，只能到床上。這樣，在自己的屋子裡，也不能感覺到放鬆和幸福。

我是靠書吃飯的，創作、評論、教書、演講、策劃，都要用到書。何況我本身就視擁有書籍為存在感的一部分。以文化評論人來說，評論需要跨及不同範疇，除了本身專修的文學外，哲學書是一定要有的，政治學的書也不能太少，一些關於網路研究、御宅文化、遊戲文化的書，也常有實用處。做書評，會被書的銷售潮帶動，飲食文化的書我買了好多，連之前大熱的填色書都有五、六本。根本沒時間填。

作家朋友來我家，也都說我要放棄一些書。然後就往我架上看，看有哪些書他可以拿走。半晌他說，你買書的口味真闊。是的，我會買一些自己完全不懂的書，像有段時間，大腦研究的書籍很熱，我也喜歡買，雖然那些生物學的名詞，總是記不住，但看看它們解釋你的生理和心理反應，那種知識的療癒其實很爽。科普書我也有一點，但因為實在不懂，先限定是關於無限、宇宙、悖論的專書。這個科學與藝術的連接點，就是關於植物學的書，和文學及飲食相關的常買，某些專論一種植物的書更是喜歡，連植物圖鑑我也覺得美到不行。《香港野花》我曾真的去背過。最不相干的是關於國畫的研究書，看來看去但很少用得著，但在架上就讓人安心，彷彿人生還有可以不被剝削、純然為了性靈的部分。

是的，書有用時，但有些不被用到的書，也可以讓人珍愛。

如果少字是王道

說人們的閱讀習慣已傾向愈少字愈好，這說法已經很多年了。出版業面向市場，不免也要針對這點再作調整。臉書帖文出書、短小的網路小說，以至更早的大眾心理學書籍，都是這方面的產品。這裡想選一些特別的出版方式談談，借鑑臺灣的市場操作例子，願給本土出版業一些點子。

臺灣出版社新經典文化曾出版了一本《恭喜畢業：離開學校後，最重要的事》，是美國知名作家喬治．桑德斯在普林斯頓大學給畢業生做的演講。一篇演講詞出一百多頁的書，每一頁只有一句或一段。書如何包裝呢？「中英對照，每頁加附插圖，線裝厚磅內文紙，包覆進口象牙紋書衣」，看起來精美有質感，以此點出「畢業生禮物書」這一類型。這是消費者設定非常清晰的操作，也許對象是家長、老師、畢業生，甚至可延至在學大學生、急於想變成大學生的中學生。當然要在大學畢業的春天期間推出。

作者桑德斯是時代雜誌二〇一三年全球百大影響力人物，能夠邀來名人推介，尤其這麼短的書容易看完，更方便各界名人推介。文章在網路很多轉貼，保證知名度，甚至符合這時代「買自己已知的東西」的消費習慣。

做小書，其實包裝更重要——開拓市場藍海銷量，需要投資。《恭喜畢業》的操作也很像之前另一本《這是水：生活中十分平淡無奇而又十分重要之事》，也是由美國知名作家大衛．福斯特．華萊士在肯陽學院所做的畢業禮演講，談及人生道理，修辭優美。精裝，封面設計抽象優美，同時吸引文化讀者及大眾心理學書籍的消費者。紅通通文化是個較新的小型出版社，多出版大眾書籍，《這是水》像是一支異軍；新經典做《恭喜畢業》時，更能精心操作出「畢業禮物書」的類型。

少字書籍，內容的價值似乎比不上其消費價值。筆者本來對於少字書籍有些心理抗拒；是買過臺灣行人出版社所出，李歐納．科仁所著《WABI SABI：給設計者、生活家的日式美學基礎》之後，想法有點改變。這書極薄，草綠紗絹布封面令人無法不拿起；內容每個對頁一意境飄渺的照片，全書是一篇萬來字的文章，講日式「侘寂」美學，極甚暢銷。思考再三終於買下，心理馬上變得舒服，因為一定看得完、有東西學到、這麼美麗、不佔地方。乃知少字薄書的魅力，大勢不可擋，只能希望在少字之餘，也推動有意思的東西。以前的哲學隨筆，不也是很簡短麼？

大書的奢侈奇觀

當書的市場受到網路出版的衝擊，書作為大眾商品的性質漸漸動搖，出版便會出現兩極化的情況：一端向非商業的小眾出版發展，一端則向奢侈品的方向發展。都是著重於閱讀體驗的獨特。

最近去到深圳的「雅昌藝術中心」，這是一個與藝術品的收藏、整理、發展等等相關的多樣複合平臺，而其中又特別關注出版，表示擁有高端的印刷技術。雅昌開幕，就以五十米高的玻璃藝術書牆震撼藝術界及出版界：逾千個玻璃櫃中陳列著世界各地藝術館或民間出版的藝術類圖書，琳琅滿目而手不能觸，貴族氣氛推到極致。雅昌藝術中心門券二百元人民幣，會籍十二萬一年。

去到時，雅昌正在做「大書展」，展示世界各地的大開本貴重圖書。其中50X50cm，厚10cm，已算是小的了。書當然很重，連偷都無法偷走。有著名攝影師的集子（風景攝影居多），更多是品牌的大型結集，我第一本翻開是英國足球隊兵工廠的品牌書，紅色封面無字，只有熨金的兵工廠標誌。印刷的精美不在話下，書中圖畫和攝影的尺寸有時比掛上牆的作品還大。大書的釘裝最重要，如何可以不翻爛？書旁有手套，並請你喚專人來替你翻頁。奢侈品的體驗。

雅昌本身也替中國的古籍珍本、藝術館、某些藝術家或攝影師出版結集。看一圈，發現大書有「套盒」是起碼的入場券。但中國現時出版的大書，排版上仍很不如外國，比如版面上字太多太小太密，好像仍未掌握大書的閱讀距離——於是有種不滿足感，好像這些書本身其實不必做成這麼大這麼厚這麼華貴的樣子。奇觀而形神未足。

音樂的事

香港的藝術類書籍往往藝術家個人的創作記錄（archive），又或展覽的結集，是給內行人看的。普及藝術類的入門書，往往要靠臺灣。臺灣藝術類書籍出版往往是一叢叢的，像前幾年的建築類，過氣後便主要出知名建築師的文集；繪畫類，普及性、專題類，然後是個別畫家如維梅爾；最近時興的好像是音樂類。藝術類書籍普及性和流行性本低，受眾群集中，而又有深耕一買多本的傾向，於是出版的計畫都像是有鋪排，在同一群受眾身上賺更多之餘，也以出版態勢去吸引本來不大關心的社群，讓他們有「我好像也應該要知道」的好奇心。

音樂類的出版趨勢是累積而成，二〇一四年可能是仲夏大盛之勢。像楊照的樂評集出了一本又一本，最新是《遊樂之心：打開耳朵聽音樂》；現代音樂或流行樂，多以知名音樂家為焦點，像焦元溥和張懸合著的新書《樂之本事》；香港這邊，流行歌手何韻詩和黃耀明挺身爭真普選，恰好時報也出版了《撼動柏林圍牆：布魯斯．史普林斯汀改變世界的演唱會》，顯出音樂和民主人權運動的連結點。古典音樂的入門書最多，許是因為普及性最強，而又多知識門道，像印刻新書、周志文的《古典音樂與唱片札記》。在這其中，也有學術書如《馬勒音樂中的世界意象》（盧文凌，遠流）、《音樂的現代性與抒情性：臺灣視野的當代東亞音樂》（連憲升，唐山），但當然是小眾。

香港這邊適逢其會，三聯出版了兩本歌詞書，包括黃志華的《原創先鋒——粵曲人的流行曲調創作》、盧國沾的《歌詞的背後》（增訂版），還有附CD的《舒伯特歌曲中的浪漫主義——純真情懷》（畢永琴）。牛津這邊也有更學術性的《樂樂之樂》，邵頌雄教授專談巴哈《郭德堡變奏曲》。但似也是原定作者的適逢其會，不像有趨勢性策劃。

芸芸樂評人之中，我最近十分留意臺灣的馬世芳。夏天他出版兩書，《耳朵借我》及《歌物件》，其中我又選了後者，概因設計獨特，主題概念性強。書中十七件物件，包括「和平記號」、「隨身聽」、「hmv」等，外行人也能進入。筆者不諳音樂，但好讀馬世芳兼具抒情與分析的文章，看他聰明又蒼涼，兼得時代的趣味與唏噓。

舊書重印奇鋒突出

書展過後，有本奇書突然賣起來：商務印書館一九三八年刊行的《香港指南》，是最早一本由中國人編寫的香港旅遊書，如今以原版重印發行。此書在書展期間被陳列在商務攤位當眼處，原來此書重刊是紀念今年商務印書館成立一百週年。

編著者陳公哲是廣東中山人，文武全才，既作考古、書法、發明、武術，著有多種奇書。此書概述香港、九龍、新界的歷史沿革、名勝古蹟、風土人情、各行業及教育狀況，向遊客提供各種實用資訊。香港以一介漁村，中國史籍無詳盡記載，西籍以立場不同、取材亦異，不合華人閱讀——所以陳公哲是名副其實的拓荒者，書中的資料蒐集、繪譯地圖、採訪調查、編定遊覽程序等，多由這位全才親力親為。這應算是香港早期由下而上的民間采風一個激勵性的示範，顯示香港的真貌尋找一直是由民間自為，低姿態的以工具書形式包裝，寄託大志：「指南之外兼及於港志」。

近八十年過去，以前的實用資訊已經不再實用，反而成為讓年輕一代用以對照、重識香港歷史的入門工具。商務以其「商」之名，特意在序言點出昔日廣告可見舊日城市風貌。重認昔日街名，對照許多曾在、仍在的商市名稱，讀者心裡會湧起微妙的滋味。因為我們對自己的城市，其實所知不多。連認識歷史，都要靠名為寫給遊客看的指南，香港人果然是一直在主場作客。

此書引起一班文青讀友購買，而且買完紛紛拍照PO上網，嘖嘖稱奇。此書設計並非今日所謂「精緻」，但在一眾精美書籍的桌面，卻也讓全世界看到它的低調。內文全照舊日編排，鉛字字粒排出來的字體、舊式手繪廣告，都有一種舊式風雅，引思古之幽情。年前中國曾有「民國舊課本」之風潮，其中簡樸的風雅、對簡單真理的追求，《香港指南》的重刊，底氣依稀幾近。

《香港指南》刊發時售價每本一元，如今標價一百元，真正身價百倍，又提醒你這是商務百年。這真是一次高招的品牌營造。書的力量畢竟較廣告大，而且不是任一出版社都有百年歷史。《香港指南》之成功，別的出版社不一定能全部照做，但若找到適合的有分量無版權舊書，或者可以再開拓「重刊」的市場，也為讀者提供不一樣的選擇？

傘下書情

上了專賣人文社運文化書籍的序言書室，店長之一的 Timmy 笑說終於嘗到暢銷書的滋味，除了梁特首開口批判的《香港民族誌》一紙風行外，一眾以傘為題的書籍也都賣得好好，新書《被時代選中的我們》更一日銷五十本，讓本來堅守邊緣的他們看到了市場的能量勢力。

其實一場壯闊的運動，自然產生許多相關的書籍——參與者就是受眾（其實反對者一般也會買些來看），市民就是市場。所以在自由的市場裡，社會運動、政治議題本應是出版的重點之一。然而香港的言論自由在收窄中，受壓的反激造成了不尋常的現象。能讓受眾特定的文化小書店都見到熱銷之路，是因為市民也一早懷疑這些書籍會受政治打壓，因而都想在特定門路買到，以作收藏。

各種雨傘書中，「有種文化」出版的《每一把傘》（李鴻彥編，馬丁攝影）出得最早，訪問結合攝影集，記錄雨傘運動中各個走出來的個人之理由及面貌，裝幀在急就章而言也算出色。裡面當然有名人如何韻詩、黃耀明，也有普通市民如金鐘煲糖水的婆婆、中學生、貨車司機、金融人、設計師、劇場人等。值得注意的是，本書強調「觀點」的互換，比如馬丁拍到前線示威者與警察短兵相接的一刻，「最接近示威者眼中的景象」及「最接近警察眼中的景象」，都有照片記載。書中亦有警察訪問，表示「催淚彈是最低武力」，及外國CNN記者說「警察已經相當克制」。當然這和絕大部分走出來的市民意見相反。

照片是記錄，《Umbrella Sketch》的作者FONG SO則以速寫作記錄，街道上、路障前、佔領區內處處即景，人們的身影以炭枝濃重的筆調繪畫，有時加上色彩。早期的色彩添加之處游移不定，有時是人們的身影，有時是旁邊的樹，有時是警察的制服……；後期則多集中在示威物品上，連儂牆、橫額、直幡、標語、七彩的傘。也許代表了畫家逐漸清楚自己的目標。

區家麟的《傘聚》是他在運動中每日的筆耕結集，目前已賣到第三版。文章大都在網上看過，但還是覺得有很強大的衝動要買，因為此書以清醒的常識眼光，解答了許多運動中的重要問題。區家麟以他的新聞專業眼光，很好地把握了運動的前因後果，及理性地處理了一些重要的問題如無組織、拆大臺、抗謠言、新獅子山精神等。一些文章如〈二十個政改的問號與感嘆號〉、〈一分鐘讀懂白皮書〉等等，在政治運動中簡直有如工具書般實用，可以抗辯反擊。是故周保松教授在序中稱區家麟是個「公共知識分子」。

白卷出版、李由之編的《被時代選中的我們》，行銷做得最好，包括有彭定康、葉德嫻、張鐵志的推薦；利用網路行銷，在《立場新聞》上分享篇章，開售日點明銷售點。編輯上，此書最著重「青年」的焦點，包括起用社運青年寫手（作者簡介非常有性格），以青年的趣味去尋找被訪者，也無傳統的左右分隔眼光。青年力量是雨傘運動的最大動力，此書開售當天已出現斷市狀況。

比較老派的作者如江瓊珠，亦有出版《黃絲帶與傘，及小雞蛋》（進一步出版），薄薄小書，一篇到底。此書寫法是以人物為紐帶，穿越雨傘運動。許多人物是由昔日社會反世貿、天星皇后等運動一路走來，但在這場運動中未必如以往突出，是以本書有一種歷史性的邊緣視角，非常個人。此書銷情上不如上述各書，但江總的文筆自然優於青年寫手，讀起來抒情流麗，是耐讀之作。

雨傘書的寫作與暢銷，都有一種抗命的色彩。之後還有廖偉棠的詩攝影集《傘托邦》，或未來還有別的藝術評論或結集。自由總是令當權者煩惱的。

劇本也能賣？

劇本一向是個冷門的銷售類別，因為劇本與小說不同，差了演繹那一層，很難具有藝術上的獨立性，一般非專業的讀者，也不容易就劇本的形式而揣想畫面，多是面向專業讀者，即電影劇本集一向是不暢銷的類型。

今年，卻有侯孝賢新作《刺客聶隱娘》的拍攝側記《行雲紀》（下稱《行》）推出，由臺灣的印刻出版，編劇之一、朱天心之女謝海盟執筆，在文化界頗引起了一番轟動。劇本集一般在電影上映之後推出，但《行》在電影上演前就推出，挾侯孝賢盛名，加上《印刻文學雜誌》的推動，更有一番與電影相關的活動造勢，不止在臺灣文化界造成聲勢，在香港書展也有極大迴響。執筆的謝海盟初露頭角，態勢淡然但氣度恢宏，也在文化界作了鮮明亮相。

一般劇本集是劇本為主，最多偶然加一點劇照來增加收藏性質，但《行》中是大量紀錄資料，謝海盟本人的角度低調但關鍵。侯孝賢電影一向剪得大刀闊斧不動聲色，《刺客聶隱娘》拍出來是頗為節約，不少觀眾埋怨看不懂，於是《行》作為電影的補白，就有了很大可觀性。書中呈現了電影製作的整個過程，在每個景點的經歷，對劇本組、美術組、武打組的記錄，也透視了侯氏電影觀，解釋《刺》為什麼拍成這麼低調的樣子。那些過度低調的武打場面，以及精緻動人的鏡頭與背景後面的歷史考證，聶隱娘角色設計背後的參照（竟有《龍紋身的女孩》！），還有被侯導剪掉的故事，要書本才有空間承載。

有一點有趣的是，侯氏及製作人員有特意與王家衛《一代宗師》比較，他們都愛金樓的精緻，朱天文嫌葉問一路打上去太似雜耍，而侯導覺得，沒理由要北拳打到門前，南拳這邊才臨急臨忙要打出一個盟主來，誰是最好打，理應是人人都知，有了公論的才對。我卻想，香港真的是這樣！平日山頭各自林立，誰都不服誰，也不會定期推出「盟主」，只到有實際需要，才會迫出一個代表來。

電影製作其實需要一番老大工夫，在電影之前推出劇本及資料集，既是愈來愈受重視的公關推廣之一部分，也可以是實際的歷史知識傳遞。也有一本特別的劇本集出版，是由趙崇基導演、謝傲霜編劇的《中英街一號》之電影劇本。這個案例更為特別，以香港六七暴動為背景藍本（其實應說是真正的主角），主題具爭議性，電影本身據說尚未開拍，不知能否融資成功，但劇本則首先推出了。於是啟蒙與傳播的責任便落在劇本身上。書中有不少當日因六七暴動而受傷、入獄、失去工作等等的「苦主」之訪談、會談，也摘錄了不少近年出版的六七暴動史料，讓不熟悉這段歷史的人可以有入門的參照。

這本書名為電影劇本集，但意義當超越電影本身，它更為多面向地指向了一段香港歷史上的禁忌，也更遠的指向了香港社會在深層次中的割裂：香港一向被撕扯在不同的政治路線與鬥爭裡，以致某些人受了虧待，他們得到補償與否，都不是他們自己可以掌握在手中的事——這樣一個更開放更民主的社會，有時便無從談起。若我們不分享共同的歷史，我們如何構成一個共同的社群？臺灣解嚴後，二二八事件及受政治迫害者得以平反，歷史公諸天下，建成紀念碑及展覽園區去縫合歷史的創傷，社會才能好好向前。讓我們期待香港也有這樣一天，《中英街一號》，也許是構成紀念碑基座的其中一塊石頭。

書店艱難

香港書店的路，一定是愈來愈艱難的了。愛書人見到書店大減價多半很開心，但過去幾個月的書店減價，實在減到我心驚。書店減價無非志在清存貨，相反在店面的新書會相對少了，逛熟悉的書店巡視狀況，令人擔心貨流周轉是否已有問題。

二樓書店有這樣的問題，大書店理論上會比較撐得住。不過蒐集多方情報，三中商的連鎖書店，的確在雨傘書潮上是有限制，不是純看市場。這造成了相當大的負面效應，對書店業績的影響不知究竟如何。現在的香港，做生意竟也不能純粹向錢看，而要受政治影響，市場必有畸型。

而心驚的部分原因，是家裡藏書量已經一再抵達極限。我想所有愛書人都會面對書本佔據家中空間而致幾乎寸步難行的狀況。而出版商的操作水平也一再提升到極限，封面、書腰、序文推薦、設計，也都抵達教讀者難以抗拒的極限。好書愈多，愛書人愈覺無力，無法全數支持、無法全部買下。所以擴展讀者人口、讓年輕一代多買書，真是書市結構上的唯一出路。

但到這裡問題就來了——現在的閱讀量全在手機和網路，新一代的買書習慣，必須花更多力氣才能培養起來。

書業難做，誠品書店帶起的一個風氣就是售賣食品，誠品有自家的飲食產品線，毛利遠較賣書為多。有香港書店起而效之，最近去到一家以前常去的文化書店，該店本來店面已多賣精品及CD、海報等周邊文化產品，現在統統收起，變成食品展，賣臺灣及香港在地食物品牌，陳列四、五樣。本來已佔店面不多空間的三排架上書，再收起一排。店面感覺變得陌生，有不倫不類之感。

須知食品之陳列與書不同，書店原有的硬件不敷使用，放在桌面的少數食品顯得伶仃，無法引起購買欲（大家有沒有留意到，香港食品的習慣陳列方式都是大堆頭的，一旦變成精品化單獨陳列，馬上就會覺得陌生），當然食品所佔庫存空間亦相對精品而言較多，所以如果要賣食品，其實整個店面的裝潢要改過，小的店面在此不算靈活。

書店求存變化，無可厚非。只是心痛，別人做生意的方法我們未必能全抄，最重要還是找到自己的路。

「賣書不賺錢」或「不賺錢賣書」？

書本來是大眾商品，而又同時代表著教育公眾、傳遞文藝與思想的良心產業，於是近年書業營利下降、書店頻頻關門的慘烈狀況下，反而支持書與書店的人更加努力，書在大眾媒體的正面新聞也增多，書在網路上更能凝聚社群，也就是說書作為建立品牌的效應亦增加了。大企業大商場以書店做招徠；網路上也有不少小社群、小品牌、小企業，有心人千方百計要做書，根本已經擺出一付「我不要賺錢」的樣子，以良心求支持。書店減價、教人掉下巴的劈價時時出現，更別說免費的漂書到處都辦。

也許因為做過書業，我對於表示「不賺錢賣書」態度比較謹慎。當然，確有不少不問利益純粹出於熱情的行為。不過，自己賣書不賺錢，不止是你自己一家的事，還會牽連著整個行業的生態。比如有一家灣仔碼頭的二手書店，店長非常熱心，常在堆填區前打救書籍，全店一律十元，包括非常好的文學書。但曾有其他二手書店抱怨，這樣是頂爛市；而大量拋售的文學書其實同時仍在書店銷售，其境遇也可想而知。之前有一家新出版公司，標榜對作者的良好待遇，聲稱自己的作者可分得百分之五十版稅，消息一出旋引起出版界反應，提出數據指這樣根本營運不下去，獨立出版社也表示「說分不到百分之五十就是虧待作者是個不公平的說法」。（後來，這家出版社鬧了嚴重拖欠作者版稅的醜聞。）

以上可能是不熟悉業界運作的無心之失，不必深責。不過臺灣最近有一宗書業新聞值得注意：王品集團的退休董事長開「益品書店」，自言以「社會企業」方式營運，一千兩百平方呎，一百五十個座位，二千五百本書，一百元臺幣（即二十五元港幣），飲品任喝，二十四小時營運。這對消費者來說可能是福音，但在臺灣書業界卻引來不少批評，覺得是富人砸大錢破壞本來已經很難營運的書店生態；批評「明明是通宵漫畫茶座卻裝出書店的高級樣子」；批評尤其集中在益品書店「招募學生志工」，指責以「社會企業」包裝來賺得免費人力，並舉出社會企業應是讓弱勢社群得益，而不是劈價給大眾消費，也不是尋求免費的勞動力。

不管指責有無過重，在業界人士仔細的計算中，我們至少發現了一件事，就是免費的東西不代表無代價，只是代價由某一方承擔，而我們看不見。就像fast fashion的廉價，其實由第三世界國家的勞工及環境支付代價，你能得到便宜書、免費書，其實也有人在背後付代價。我們應當警惕書的銷售過程中有無存在商品化的剝削／

謀取暴利／壟斷，我贊成應尋求更直接的方式向你想支持的作者／出版社／書店付費——首先關鍵就是不要嫌貴，也不要只看那些標榜自己不賺錢的說法，因為整個書店／出版／寫作業，就算正正經經做生意，都是已經很難賺錢的了。

III

書店存沒

斗轉星圖逆勢行——香港書業轉變觀察

《小小本本》的朋友請我寫一篇關於香港書店變化的文章，其實有點心虛：一來余生也晚，香港書店早年的興旺期，也許欠缺一點親身經驗，所謂變化歷史，也許是個人有限經歷加上傳誦耳聞的二手資料，若有錯漏，還待方家指點。二來，個人口味而言，偏向文藝，至於香港書店「實用」、「市場」的觀察，盡力持平，然不免也有偏重——只是在書業日趨困難的今日，仍對「書店」本身存在興趣的，也多半是文藝愛好者。

筆者本身愛好讀書，上世紀九〇年代中後期開始泡書店，對於買書常持放縱態度，亦有觀察書店、串門子的習慣，再加上一點經營書店的經驗，寫下此文。想到是與愛書和關心書店同道中人談心，始終是快樂的。

誠品進駐之影響

二〇一二年誠品書店進駐香港，首店開在銅鑼灣，香港社會迴響甚大，開業人潮、社會討論亦多。誠品已是臺灣的代表性品牌，作為一文化創業產業集團，所倚者乃是「誠品文化」的招牌，對於香港書業文化也有所衝擊。

單就書業文化而言，筆者認為誠品對於香港書店業最大的影響，其實是在門市的裝潢方面。誠品在臺灣以優雅的室內裝潢、舒適的購物空間，給香港旅客以深刻印象。故為了迎戰誠品，原有的香港連鎖書店紛紛改裝大店，新開的大店亦強調室內裝潢更具文化味。香港原有連鎖書店經營方式是非常實際的，盡量在有限空間內放入最多書種，以滿足更多客源。當客人愜意於寬敞的走道，他們是否也留心到書種的減少？

誠品帶動的另一變化，是連鎖書店業的推介傾向更為明顯。以往的連鎖書店暢銷榜在店中並不明顯，如今的陳設顯得更有心思，也有了「商務推介」之類的陳設項，而陳列推介的書籍也傾向於有質素的人文、文學、藝術類書籍。我想像，有心推好書的書店店員，應該會有較大發揮空間吧？新加坡來的連鎖書店「大眾書局」，本來店中顯眼處多放大眾、明星娛樂、生活類書籍，這段日子則出現《錢買不到的東西》、《正義》這樣的普及哲學書籍。書店的陳列方向對於讀者購買促動當然有影響，所以今年商務印書館的人文類暢銷榜較往年更有人文氣息，看起來香港人的閱讀好像更有深度的樣子。

市場出現競爭，令到本來彷彿處於「超穩定結構」的香港書業出現變動，也算是一種生氣。於是市場推廣、企業形象都變得比較重要了，一些書店的附加價值也受到重視，例如策展，像 PAGE ONE 書店也有在店內做張愛玲的小型展覽，空間有限，不算很有看頭，但總算嘗試。讀者確實受惠多了。那麼，理論上，書店業者、出版業、會家子與書癡，理論上也有受惠，吧？

不過，另一間一直持續以文藝青年風格經營的小型連鎖文化書店 KUBRICK，在度過十週年店慶後，店子進行改裝並擴大了餐飲空間（書店空間相對減少），更把藝文活動的空間劃到較偏遠的戲院部分去。弔詭地，競爭讓本來商業的書店趨向文化，讓本來文化的書店則更注重營收。大型書店的整體地景正在微妙變動。

瀕死的二樓書店文化

香港的文化獨立書店一直潮起潮落，只是它們未必給自己冠以文化之名。陳冠中一代的傳奇，巴西咖啡及海運大廈的全盛期我沒趕上；著名的青文書屋、曙光書店全盛期我沒趕上；八九民運後引發文青開書店作文化實踐的那幾年我沒趕上……，總算在九十年代末，以「文化」之名湧生的「二樓書店」潮，我作為一個自己摸上二樓書店的中學生，算是趕上了。

大概是因為臨街的門市租金貴，部分書店在二樓經營，於是可以在市場中稍作選擇，買較為嚴肅小眾的文藝哲學書。這種店歷來皆有，而九十年代的「二樓書店文化」，則特別在於書店陳設有文化氛圍，可以讓顧客坐下看書（臺灣朋友或者難以想像，在香港，「坐」有多麼奢侈！），也以文藝活動讓愛好者聚腳。

其中最重要的一個文藝聚腳地是東岸書店。東岸於九十年代末開店，由一群詩人和文藝愛好者開辦，一直不賣流行文學和消閒雜書，主力是文學，有三個詩的架子，那時在讀大學的我，潛心認識世界的詩（包括臺灣的唐山書店、諸詩刊及詩人），每週上去奉獻小小金錢。詩聚、反戰詩歌朗誦會、讀書會，便在東岸靜靜生長。東岸創店時的店長是詩人廖偉棠，後來的店長徐振邦也是作家；曾在東岸兼職過的青年店員，像智海、袁兆昌、唐睿等，後來都成了大器，在文學藝術領域成名。

在租金高昂的香港，單靠文藝書，自然不能支撐一家書店。一間書店死亡，經營者的心血如酒潑地，更難過是文化聚腳地消失，社群離散，舞榭歌臺，風流總被風吹雨打去。東岸支撐三年，結業的那一晚，文藝界、知識界的人們，該來的都來了，連我這樣不喜歡留念的人，都拍了好多照片。香港人，有些是領頭羊身先士卒，有些趕集尾看零落風塵。我有個建築師詩友，總在書店結業時碰面，見面時心領神會也不打話，一同在那些無法消化的中英文文哲書裡埋頭淘。淘回來的很多書，也一直在我架上，猶如它們當年在書店的架上。

當年專營簡體文學哲學書的文星書店結業後，這麼多年我竟然無法找到如此聚焦的書店替代。當然更震撼的是青文書屋、曙光書店於二〇〇六年的結業，此二書店於七十年代成立，曙光是一代知識分子的養成地，今日名馳天下的中年讀書人，青年時都曾到曙光書店受老闆馬國明指點，購入外國思潮新書；青文書屋歷來出版許多重要的香港文化書籍，作家如陳冠中、也斯、黃碧雲、葉輝等都在青文出版過著作，店長羅志華滿懷理想而不擅經營，書店結業後年餘，在貨倉中被書砸倒而死，時值新年以致十多天後才被人發現。如此淒慘的故事，太像赫拉巴爾《過於喧囂的孤獨》，對香港造成了很大震撼，也喚醒了要守護有價值之書店的意識。

目前讀書社群的聚點，分別是在旺角的序言書室，及在灣仔富德樓的實現會社。青年李達寧讀哲學出身，是這二家的幕後支持人，銳意為知識社群和左翼基進思想尋找落腳地。序言書室的書以哲學及社會議題書主打，外文理論新書多，書會討論會絡繹不絕；實現會社則傾向更為鮮明左傾基進，也包含更前衛實驗的藝術活動如演書會、音樂會、放映會等，去年曾舉辦第一屆「馬克思節」。文青們仍然可以在有文化地標性質的 KUBRICK 和誠品偶遇、聊天，但這兩間書店與民間社會和小眾族群的互動目前（已）不算緊密。

再不切實際的「實際」

九十年代帶起二樓書店潮的洪葉書店早已結業，如今「二樓書店」也只能苟延殘喘，幾乎已無可以讓人坐下看書的書店，大多已搬到更高的樓層。但老實說，書店業最大的敵人並不是讀書人少，能殘留下來的書店多半有自己穩定的客源，也有自己的經營模式。最大的敵人是租金飆升，賣得再好，加價一倍或幾倍還是得搬。是以即使在CEPA簽定、大陸自由行帶起經濟的初期，二樓書店也馬上要面對租金問題，搬遷者眾；後來社區重建（臺灣曰「都市更新」），舊區仕紳化（gentrification），租金飆升，老鋪遭趕走。「自由行」、「都更」這些東西，近年也到臺灣了，我們其實捏一把汗。香港文化界有個說法是，當經濟不好，書業才興旺，相反經濟一好，書店在毛利上的弱勢馬上顯現出來。

近月，一家經營七十多年的老書店「實用書局」結業，引起了一點注意。實用書局是老派經營，過身不久的創辦人龍良臣據說曾是中共地下黨員，但一心只愛開書店，至老仍以一人之力到大陸運書回店。店中會有深度文史哲書籍、珍貴舊版書，都是逼仄地堆著要考會家子眼光，主打是氣功、棋類、風水等實用書籍。每家書店存活下來都自有蹊徑，而筆者猜想，「實用」本來是創辦的老人的一點自我提醒，不要像書呆子一樣不切實際，乃以「實用」書籍為營利的主要支撐……，只是實用書局不夠與時並進，近幾年生意都很慘淡，據說最近一年收入不夠六萬港幣……。「與時並進」，原來「實用」已經落伍了？

的確，香港是個很講求實際的社會。而取代福特時代的「實用」者，便是這個時代的「消費」吧。片面的消費，以交換價值代替實用價值，感性的符號層面帶來的滿足高於一切。身分、品味、認同、實在的內容反而成為負累。我懷疑香港的書業其實仍在舊式的「實用」思維，多於「消費」思維，而臺灣書店業及出版業在這層面上，則早已是架上過熟的葡萄。香港「文青味」最強的書店，應是阿麥書房（二〇〇四—二〇〇九），及開業逾十週年的KUBRICK。阿麥堅守臺式文藝立場，記得當年有大量關於劇場研究、文創產業、文化評論的書（也算在香港開新風氣），不過真正支撐收入的據說是賣港臺獨立音樂的CD。而大概就是當音樂業的收入重點由賣CD轉移到現場演唱EVENT時，阿麥便沒有挺過那個寒冷期。KUBRICK的資源較阿麥豐厚，它背倚百老匯院線，其旗艦店便是因為在文藝影院百老匯電影中心旁邊，而構成了有機的文化聚落，成為文青文化地標。KUBRICK也有自家出版，但其明顯是對於精品、手作、樂活類等消費性質較重、發售點又不多的商品較為注重，不時也有開發自家商品。不過KUBRICK對於主流品味的商品之抗拒是相當固執的，也就是意味著它對於消費時代的順應也有很強硬的底線。

香港的二樓書店中，樂文書店是相當出名的一家，成立於一九八四年，今年將是三十週年。樂文在書店業內素有「木人巷」之稱，大概能練出一種在推廣人文文學等特色書籍之餘，亦實事求是、虛心順應市場的秉性。像樂文出身的詩人店長王敏，歷任榆林、紫羅蘭店長，現與另一位較年輕的詩人黃茂林，同為「教協有為書店」老闆，一直表現出針對不同書店不同客層不同需求的彈性，像在如今針對師生社群的店子，店面只有一個角落，擺放尖新深湛譯筆優美的外國詩集。然而筆者在往書店串門子途中，聽到樂文銅鑼灣店的林小姐認真說道，如今書是愈來愈難做，不是個別地區的競爭問題，你看到這麼多減價，其實是不健康的市道萎縮之表現。在街上、地車裡，拿著書的人也少了很多，你看到的。

書市之萎縮已成大勢，難得近年香港出版業有復甦之勢，好書出版多了，恐怕又會迎來寒冬，筆者對此有擔憂、有惋惜。當此其時，書業應該是要靠附加價值去推動聲勢、製造賣點、鞏固讀者受眾。香港的書店與出版業一直被發行業中介而有點疏離，書店活動空間亦有減少，或者應該要靠政府在文創產業、古蹟復修之時，從源頭為本土書業開拓空間。至於業界，連結與更新必不可少。書業危機，或是求新求變之契機。從實際之路，何時超越消費而到達更抽象高超的精神層次？書店本應是實物內容充盈，同時精神矍爍，這一切必須在歷史上一再銘刻。

獨立書店：歷史與浮沙

我是不能離開書店的，平日有閒時在香港逛書店，去旅行也逛書店，全職做書店的日子放假也在逛書店，並會在店裡遇到同樣上下班都在逛書店的同業，彼此交換一個「啊，你也在這裡嗎」的眼神，心照不宣。對書店，我絮絮叨叨，總說不完。

感謝 686 兄約稿，這篇寫我對臺灣與香港獨立書店的認識，這個相當有意義的題目很開闊，以下大概只能就我自己所經歷的及所知道的去談一點，為歷史作個見證和累積，也希望能夠真的與書業朋友共同摸索路向。兩邊照顧，下文不免涉及一些比較，而所謂比較，其實歸根究柢只是交流——我們腦中有這麼多想法和記憶，連現實空間都不能完全承載，必須把它寫下來。

「二樓書店」到「獨立書店」

臺灣近年興起「獨立書店」的觀念，不走主流連鎖集團式經營的小書店，聚集起來，打出「獨立書店」的旗幟，營生同時也提出新的概念，朝氣蓬勃撲面，讓香港這邊也有人呼應而起，一時間多了很多臺港獨立書店界的交流。

以前香港沒有「獨立書店」的概念，都稱「二樓書店」，因為租金愈飆愈高，又稱「樓上書店」。「樓上」，是一個空間的實際描述，非常低調。我常去的樓上書店是樂文書店、榆林書店、序言書室、田園書店等，都在旺角西洋菜南街上，往往走兩間已買到拿不動，要保持雨露均霑是有點困難。這些書店都有自己的經營之道，以各樣書種支撐主打的文史哲類，支撐了許多年。臺灣的獨立書店似乎有接受政府的補助，而香港書業傳統似乎是希望與政府保持距離，我歷年與各書店主人閒聊，問他們何不與政府談談、接受一些補助，他們態度都是拒絕，更有一位出版業界的代表人士說「政府一進來就壞事了」。

想來這可能與政治暗裡相關，香港社會暗裡存在建制（左）派與民主派（自由派）的分裂，七十年代以前大概還有港英政府控制言論的經驗，雖然後來書籍出版與發行的自由得到確立，樓上書店與中資書店賣的書已大致相近，那種不受政府影響方得自由的觀念大概還在。而這種自由之狀態，在近年又變化，比如雨傘運動相關書籍、中共祕聞禁書等，都有傳不能進入大書店，而民間主導的樓上書店，則能因而得到客源。臺灣的獨立書店界強調發售因市場關係而不受連鎖書店青睞的小眾書種，而在香港這邊，政治的影響反而比較鮮明。

文化生活的想像

香港樓上書店既重實際生存問題，對於「文化生活的想像」，則很大程度入口自臺灣書店。九十年代香港二樓書店甫興起，曾有標榜設座位讓客人可坐下來，不過這些書店都已消失，留下來的還是非常實際地把空間全用來賣書的店。二千年後的書店也有兼賣咖啡之想像，像序言書室是有輕飲品可買（型態類似臺北的有河BOOK），KUBRICK則擴大餐飲空間來提升業績。這些屬於書業周邊的文化生活想像，在香港是如何之難，臺灣朋友可能很難想像。

而我作為把書看得比食物重要的人，其實也佩服那些始終獨沽一味只賣書的店。一家書店兼賣其他貨品及餐飲，是輔助性質還是以非書侵蝕書類，我免不了在營運上作出比較。誠品來港的影響，一方面帶來了「書店選書」的觀念，這是好的；另一方面，則引發一些香港書店除了精品外還兼賣食品，有時會見到在原來的書櫃上陳列紅酒或醬油的尷尬狀況……。或者這是個，談生活多於談書的時代。

以前，作為出版業下游的書店，奪回自己的主動權，其中一個方法是出版自己的書。銅鑼灣書店的林榮基說過，他的書業彪炳戰績之一是李劼的《百年風雨》，他簽下版權，賣了上萬本。以前唐山關於詩歌的書系讓我得益甚多，舊香居出版關於舊書展覽的冊子也是我們要收藏的。但現在有多少書店能兼做出版呢？可能是誠品才有這樣的資源。關於書的周邊產品包括精品如筆、書籤等，在獨立書店中甚至都少見了。我好懷念，前些年在臺灣買到的精緻書衣，香港根本找不到。時間並不一定讓多元性增加。

影像當道、網媒盛行，「文化生活」還不夠，甚至要談「最美書店」。書種、貨品種以上，再要加入裝潢因素、配合活動，提升到店的經驗以戰網路購書方式，提供人們到店的理由，提升打卡PO照的動力。這是新時代的文青經濟。臺灣新年新開的獨立書店，有好多美麗的照片在網上流傳。有時看到文青們的PO照，都讓我心癢難搔。但是不是只有我一人，擔心對書店也有審美疲勞的問題……

臺北書店因緣

我始終是被書的內容及活動所帶動的人。在臺北時常是出公差，足不點地的奔波，與悠閒的臺北朋友相比像隻怪獸。到臺北常去的書店是唐山，到那裡找理論書和詩集，尤其喜歡它的昏暗與灰塵，常把最大的開銷留給唐山。十來年前，龍泉街的舊香居，常是香港書籍渡臺的橋頭堡，曾一度獨賣《字花》，辦過不少活動，現在我一般去臺北都會到舊香居拜碼頭，也特地去看他們「藝空間」的展覽。以前溫羅汀是我常去的地區，走過晶晶書房，看到那溫暖的彩虹旗，在黃昏裡散發異樣的亮光。

在下並非一個合格的旅人，旅行時常出糗，多次試過找不到傳聞中的美麗書店，或去到人家已關門，沮喪又慚愧。可憐在下時常忘掉女書店的地址，現在已成永訣。厚顏拜託臺灣朋友們多辦與香港有關的活動，把我捉到那裡去，我肯定會像交束脩一樣買走幾本書的。像我就是因為有講座而去到永樂座書店；又因為是朋友的關係，曾去到註書店，看看他們如何兼辦民宿，店裡且有非常美麗的日本小器、古道具、極有性格的貓。我嗟嘆，好像每個角落都可以拍出很漂亮的照片，我在那裡買到的是淩拂的《山・城草木疏》。雖然註書店已關門（店長朱培綺新開的「或者」我還未去過），但在那裡我明白了新一代獨立書店的型態。也許因為生在一個過渡期，它們要開到比較偏遠的地區，去開拓藍海，也是後消費時期重劃生活與消費型態的參照標的。

瞻前顧後，而我這個人時常戀舊，對於同時代之物有著溢出的認同。淡水的有河BOOK開店那年，恰好是《字花》正式發行到臺灣，我們在有河做過活動，那時我心想，如果我開書店，大概就會開成有河這樣，那裡的書和我架上的書重合度相當高，分布也接近。差不多時間開的小小書房，也是一樣。地點、旅客、活動、餐飲……，有時這些都是我們的跳板，無非想方設法要把好書賣動。想法接近，遙遠聲氣相聞，日日不相見，共飲長江水。

內容．精神．歷史

我始終認為書最重要是內容。香港這邊的狀況是，因為書業經驗人士大量離開，接棒操作的人難免初期表現遜色。而整體社會氣氛著重包裝多於內容，書籍出版的整體水平，在設計方面大概提升不少，但在內容方面有時良莠不齊，近年常覺有把內容深度有限的書包裝成文藝優美——這種書擺在書店內大概是很好看的，但精神上讓人得到的滿足，又如何呢。延伸來說，書店愈來愈漂亮，隱憂卻也很大——書愈來愈少，種類愈來愈壓縮，關於內容的操作也愈來愈有限制。我自己覺得，包裝其實是個資源的問題，有錢有人，書和書店自然就可以漂亮。但如果一切不是建基於內容，則只是杯水車薪，建廣廈於浮沙。

有位愛書的朋友與我一樣為書店傾心與煩憂，他跟我談蔦屋，我向他展示方所及深圳雅昌的五十米藝術書書牆。有一些豪華的方式保存書：在寬廣高貴的空間裡，一塵不染，空無一人。他恍然，說，書的普及歷史其實很短不過三百多年左右，或者我們現在又站在一個時代的轉折點上，書以後又會變成屬於少數人之物，承載巨量書冊與完整的知識，其所有權只屬於少數有錢人，被圈限於裝潢華美而寧靜的空間裡；而大部分的普通人則上網亂看資訊，無法避開廣告。這是個憂傷的判斷，而它很可能是正確的。

但那些昂貴的東西始終非我指掌可及。現在，價值與標價變成十分巨大的高牆，但它同時也是浮動的。那麼讓我們重新張望歷史，想起那些在我們心靈上留下永久烙印的書，它們不一定與我們相遇在美麗的場景中，但當我們展開它，就成了歷史。因為它們是抽象的精神與意志。讓這些相遇，成為我們書店最重要的初衷，顛簸不破。

老派文藝之必要

赴臺北詩歌節，最後一天回港前，我趕去了遠景出版社所開的「飛頁書餐廳」。此店在今年四月開幕，以書及餐飲結合，當日恰好店中準備要開作家鍾芳玲「四季訪書發表會」，已有讀者與作家在座，閒閒坐著翻書聊天，我裙拉褲甩拖著皮箱闖進來，環顧四周一眼，就想說「老派文藝之必要」。

飛頁當然是雅緻的，店裡瀰漫著「明星西餐廳」那種七八十年代經典的氣息，敦厚樸實的西式夢幻味道，和現在臺灣一般青年所開的日式小 CAFÉ 風格不同。明明沒有桌子沒有卡位沒有鋪桌布沒有小瓶裡插著小枝假花，你還是幻覺這就是《花樣年華》裡金雀餐室的氣息。也許夢與幻覺的共通，比現實還容易。飛頁的焦點是書、餐飲、黑膠。店分兩層，第一層是幾個新書架、餐飲與活動區域，有一堵牆正在展覽「詩人的第一本詩集」，因為在活動舞臺旁邊我不方便過去細看，但遙遙一眼就看到梁秉鈞一九七八年版《雷聲與蟬鳴》。

最具噱頭是「文學餐牌」（現在沒有了），餐牌封面有吳晟、路寒袖等作家的詩句，食物的名字也是詩句，比如「當所有的思念崩塌時」就是「腰果泥羊肉」，「只有廣漠的孤獨陪伴我」是黑扁豆，「我們已安然穿越狂暴的謠言」是摩卡……。想起臺灣珍珠奶茶等等在二十年前初到香港，許多飲品的名字會文藝到讓人叫不出口，後來為了全球化，都簡化成現實的資料。飛頁則把這份昔日特色保留下來再推到極致。飛頁鎮店之寶是一九二五年出廠的Victrola Credenza古董留聲機。地下室有一堵黑膠牆，定期會有樂師來做黑膠班，每週設「留聲機之夜」、「黑膠餐點」。

這個夢幻的核心，就是地下室收藏了七千多本文史哲類二手書，品質極高，罕見的書不少，據知是因為遠景出版社認識很多前輩作家，捐出貴重藏書。我無暇細看，只隨手撿走一本一九七五年版的《葉維廉自選集》，標價只是五十臺幣，比旁邊的手製印度布料書衣便宜得多。牆上是遠景出版社早年的封面原畫展，見到陳映真《將軍族》封面的水彩畫，還真是會嘆息出聲的。牆上有滑輪掛畫，是一早便有心做好規劃，不像香港總是將勢就地。

遠景出版社歷來與香港文學多淵源，自早年沈登恩先生將金庸小說、倪匡的科幻等等引進臺灣，董橋、董千里、戴天、胡菊人諸公也是遠景的作家。二〇〇九年起遠景成為《字花》的臺灣發行商，當時是行政主任陳東禹自己拖著書喼到書展去遠景的攤位上拜見葉麗晴小姐而來，此後香港的KUBRICK、花千樹、匯智、文化工房等文藝出版社，都靠遠景而通向臺灣。

葉小姐當日身穿白色蕾絲直身長裙，秀髮如雲，果然是文藝小說中的女主角一般。葉小姐慣知我忙亂，不以為忤，讓我帶兩個鬆餅走，「那車上至少可以吃到東西。」交代傳遞事情予要人，葉小姐突然雙目靈動，輕聲提點我，有言必中。而我留店不足半小時，這樣匆忙都遇到舊香居書店的吳卡密（舊香居也是香港小眾文藝書籍的橋頭堡），卡密一如以往，都不斷跟我談新計畫、新發展、新現象、新位置、該做和未做的事。難得合照一張，三個為文學和書做事的女子，默默地我覺得在她們身上得到鼓勵與方向，彷彿母親與姊姊，書緣自有溫熱。

走過序言書室十年

本文原有一個比較公共化的評論版本，但我還是決定整篇改寫，因為在於文學，私人記憶原是更大的尊重。序言書室十年，理應獲得更大的尊重。

早年我也常把外地朋友帶到序言書室，像國立臺南藝術大學的龔卓軍教授，《身體部署：梅洛龐蒂與現象學之後》的作者，他看到書就眼睛發亮：「這本真的沒有！咦，好像比網上買便宜。」我就如自己是店家那樣滿心喜悅。後來外地朋友都不用我們帶了，因為序言書室以專賣文史哲等小眾書的文化書店（「獨立書店」這種稱號是後來才流行的），而在文化界頗有名頭。書店是城市的風景，能夠有特色的書店，其實城市也臉上有光；而讀書的人如我，其實是透過書店記住了自己。序言有十年，對於我竟是一言難盡的，就如要編自己的書那樣，茫然不知如何入手。

序言二〇〇七年開辦，那時我正在參與保育皇后碼頭運動，好像未能躬逢開店其盛；但時常上去是少不免。記得當時那算是很雅緻的書店，實木深褐書架、沙發與藤椅、高築可儲物的地臺、鋪藍綠紙皮石，還可以喝咖啡，這些都一一是成本與投資——這些小節或也可視作見證——他們一直致力於建造自己心目中的書店，其實一開始就沒有想過收支與經濟的問題。

那時，其實我們先不多談書店裝修，始終多談書店選書的內容。序言的三個合夥人，都是讀哲學系出身，書店裡的哲學書佔去一半左右，加上社會科學類的思想論述，就構成書店著重知性思潮的面貌。文學類書相對較少，但主要都是集中在嚴肅文學，詩集比例較許多大書店要高。換言之，這是一間面向知識分子社群的書店。後來，又增加性別研究和香港專題的架子。

我們當然有關心過序言是否能夠營運下去，這成為許多人鐵了心支持序言的原因，其感情超越一般顧客與店鋪的商業關係。而據我所知，序言的營利一向微薄，所得主要是供給店租和入書周轉。合夥人很早就要出去打工支撐書店，比如我只能在週日遇到店長J，面上比其餘二位更早添風霜。記得序言三週年時曾邀請我去做週年慶分享嘉賓，我很訝異說你們不是該找更有名的人嗎，他們卻說我在他們店裡是屬於「招財貓」型的人物——呃，如果這不是恭維，那也許可以證明早年的序言有多窮……

以前我多是深夜上序言，早年的序言開到午夜，我在晚飯後的放空時段，常常會踱到店裡，翻書買書打牙骹，就像等他們收鋪。眼見客人並不少，店長T就會說，本來沒人的，你上來人才這麼多（即招財貓效應）。這是不是實情不重要，至少這麼說的意思是歡迎。然後我們有一句沒一句地搭話。牆上的灰色時鐘，好像走得特別慢。書店是個讓人忘掉時間的地方。

獨立書店有個勝過大書店的地方，是店員可以和客人有更親切、深厚、多樣的關係。像我跟店長T會聊哪些書賣得好，也聊御夫經。八十年代有些文化人開書店，甚至根本就是為了聊天，以致常有道友上來偷書也不知道。大書店的店員沒有這樣的空閒，為收支營運計，也不見得能請到有足夠聊天知識的店員——同時因為客人太多，傾向統一對待，你跟一個客人談這麼多，也許會讓另一些客人覺得不爽、不被公平對待。大店多顧忌，小書店則自由、有個性。大店店員急著下班，小書店可以延遲收鋪。

香港人羨慕臺灣的書店書業是很老土的，但我還是羨慕。臺灣的文化社區感覺強得多，比如溫州街、羅斯福路、汀州街合稱的「溫羅汀」一帶住了許多文人，在臺大與師大的社區之間，許多文人根本是一天到晚在書店、酒肆小店間串門子，我就曾見過作家舒國治，這家店裡替他寄收書，他拿了又去探別家，一路逛下去，最後滿載而歸吃夜宵。整個社區的店與人，是互相支撐的，漣漪般接續又成為另一些故事。在這裡，書店是文人社區的核心所在。文友楊佳嫻很早就寫過一本散文集《雲和》，寫自家住的師大雲和街附近社區。要讓我們香港作家來寫，大概艱難得多。

香港旺角一帶的書店群之間並無形成如此強烈的紐帶，可能是因為競爭激烈，香港人又傾向各自為政。幸好我不曾真正入行，喜怒哀樂都不過淺淺一瞥，沒有名字。但我在西洋菜南街是有很多記憶的，比如我在大學時期經歷過的東岸書店，同樣是一家嚴肅而潔癖的書店，由幾位詩人陳敬泉、梁志華等合夥開設，曾任店長的廖偉棠與徐振邦都是作家，不賣流行書，有一整架的詩集。東岸孕育過一代文藝青年，開反戰詩、詩集發布會，是當時大書店做不到的，開了我們這些後輩的眼界。以前為書店做兼職店員的，唐睿、智海、袁兆昌等，都成了作家和藝術家。東岸是文學圈的重要記憶，是我大學時期的窗口，認識臺灣詩、大陸詩，以致於養成買年度詩選的習慣，至今仍覺得臺灣詩界的議題非常貼身。

旺角另曾有一家文星書店，專賣語文教科書和簡體文史哲嚴肅書籍，我當年不時一整套一整套的買下來。到得文星結業，買簡體理論書就流離失所，至今心裡仍想念文星。換成序言，就是把學術思潮跟我們拉近，理論明星如齊澤克、洪席耶、阿岡本的新書譯本，臺灣國立編譯館的書，突然到店的桂冠理論譯叢，竟是要上去搶購的。近年因為家裡空間問題，我買書已經轉向警惕，近月有次因事上去序言，咕噥著「上來幹什麼，絕對不能買了……，咦，這是什麼書？」原來是內地三聯出版新譯朗西埃《語言的沉默》，即由怨婦轉為狂喜：「竟然有這本！天啊，太好了！最後一本？馬上給錢！幸好上來了！」旁邊有個不認識的青年目擊我好像精神分裂的表現，為之瞠目，發現真是最後一本《語言的沉默》時眼中還有妒火。

序言很有意識地經營思想類書籍，也辦活動聚集人群，讓書店成為思想交匯、產生新能量的場所。我在離開大書店後，曾在序言搞過幾次「任性讀書會」，與不認識的人一起聚讀一些文藝類書籍，舒茲《鱷魚街》、《憂鬱的熱帶》、約翰·伯格、木心等等，來的人次次不同，閒雅隨緣，每人講幾句。現在這些人還會不會聽我號召而來呢，我不知道。另記得有一次馬國明的《路邊政治經濟學》發布會盛況空前，整家書店擠滿人，站後面的幾乎昏厥。這種狀況在練乙錚書會等多種狀況下都曾重演。在書業M型化、書店倒閉潮中，序言不變應萬變地走在風氣之先，反倒腳跟站得更穩。

我是文學人，與思潮動態若即若離；與序言更像合作出擊的，往往是當我卯上了勁要推動某些書籍。比如做文學雜誌，我時常上去查問銷量，以知道每期反應如何。某些重點文學書籍出版，我會與序言合作得更緊密，問銷量，互相配合進程來推書。我記得二〇〇八年陳滅詩集《市場，去死吧》出版時，有天我坐在序言，只要一見上來的人是認識的，就撲上去向他推薦《市場，去死吧》，而無論怎樣，只要我把書中〈說不出的未來〉朗讀一次，對方一定會把書買下。單是那段時間書就賣出三本，那個月序言賣了八十本，首版《市場，去死吧》結果在三個月內賣完了。做這些事我完全無酬，也沒有人要我這樣做，我也不曾告訴過作者陳滅。以至李智良《房間》、吳煦斌《牛》，我也是熱火朝天的做。我這樣瘋狂轉動的齒輪機器，看在序言的人們眼裡不知什麼感覺。

現在的讀書風氣真的改變了，許多書業的操作層次都被壓縮了，不同範疇書類之邊際常有互相混合的情況，比如現在許多被操作為人文社科類、哲學類型態的書籍，其實內容是大眾心理學書籍而已。狀況令人非常不是味兒，很焦慮。

以前序言正對著收銀臺的中島右邊最下一行，陳列著一整行新儒家中國哲學的書，《新亞遺鐸》之類。我問這賣得出嗎，店長D說，總要在那裡的。這就是執著。還有更執著的：二〇一一年開始哲普書大熱；我在誠品工作時，每天賣好多《正義》、《錢買不到的東西》、《給奧斯卡》、《自願被吃的豬》等等；就問店長T，你們何不多賣點哲普書？店長T表示不甚情願的樣子。後來序言變得比較有弄潮意識，為經營計，我其實很慶幸他們趕上了十年一遇的「哲學普及浪潮」。這一波哲普潮由《正義》開始醞釀，到現在，各處以網路來推廣哲學的專頁、網站如雨後春筍，作者版主們先在網上寫了再結集出版，儼然累積了經驗、知識與人群。希望哲普潮，可以載著序言往日後闖蕩。

「弄潮意識」是一種很怪的東西，我常願它降臨於友人們身上，但等到真的降臨了，反而出現一點遺憾。二〇一一年後所謂「本土思潮」大盛，激進思潮亦大盛，我開始在序言遇到一些讓人不大愉快的人，雖然我是喜歡激進思想的，但我不喜歡當時我見到那些人。當然以我的若即若離，便只是走開。

及至雨傘運動之後，有一天我和何韻詩去找「十八種香港」的場地，上到序言。那時店長D正受兩個中學女生訪問，那女生態度欣喜仰慕，問店長D：「可不可以跟你拍照？」我正詫異於這未見過的情景；轉頭一看，主書桌上出現某本以模擬死去名人發言的暢銷話題書，那時該作者發動「文學綜援論」猶歷歷在目。信手翻開一頁，題目恰恰是「文化陰暴」，而何韻詩和我都是文化監暴的成員。再翻一頁，就見「肥鴨」之類。我問店長D，為什麼會有這種書？D有點躁急地說，我們書店兼容並包，連《佔中透視》（按：建制派出版反佔中的書）我們都有的。我說，好，給我看看《佔中透視》。他拿不出來。那感覺我也說不上來，轉身就和何走了。這件事我無法忘記，它好像說明了那個時空的很多事情。

那時是雨傘書賣得最好的時候。像《我們是被時代選中的孩子》，因為出版社聲言先在獨立書店開賣，並在網上列出銷售書店名單，大批讀者瘋狂尋找，據說曾有一書店日銷兩百本的紀錄，序言好像是一天賣完五十本。終於嘗到了吧，這就是暢銷書的弄潮感覺。我非常明白，那是在腦下垂體有微微發麻的感覺，手上會微微出汗，唇微張，吞口水。而這個經雨傘而重組的群體，裡面的激進呼求是極左與極右呈合流狀態。行動，促動，效應，人群見之於行動，也見之於銷售。而我是，要質問「左翼行動主義話語如何才不為右翼暴動主義鳴鑼開道」的那種人。序言開始弄潮，而我不在這個潮中。

這件事在我腦裡旋轉，不時就出來打個圈。對於我來說，「那種書」是以小報的抹黑和醜化方式促動人群，無論是多麼正義、要打倒什麼什麼，它都是用不正確的方法。那麼序言是否認為，只要是促成激進，小報類書籍和手段都可以？而我則傾向，以內容取悅大眾類但至少不會教壞人的書。「不教壞人」是底線。那不是「帝國主義」那麼抽象複雜的壞元素，而是更低級直接的厭女式人身攻擊啊。

想了很多次，我反問自己，那種背叛感，會否也是自己自戀式投射的結果？書店要求生存，就要面對很多不同人群，生意是實實在在的，我所見到的不過是生意的其中一些面向，我也只是生意的一部分而已。要求書店是戰友，是不切實際的。我看著序言買回來的理論書，想，同樣只要他們入書是專業的，我就是他們的消費者。

如此又說服了自己。只偶爾上去時，指著某些書問，真要賣這種書？文句都不通的哦。後來那些書又漸漸消失，序言又好像恢復以前的模樣，中間香港發生了很多事，而好像一無寸進。我們又從頭開始。書愈來愈困難。

序言書室現在不缺有心人替他們宣傳；但對於知識分子書店，我想最重要還是在愈來愈多人不想理會書的內容之時代，繼續著重書的內容。有一種價值是，識書、愛書、有心機做書，向內我們能通過書來建立情感與認同，向外就能夠繼續為這個城市提供不一樣的衣冠，構成一種永遠無法完整敘述的龐複歷史。這，就是書店。

樂文小事

我一直是樂文書店的顧客，從小時誤打誤撞發現了有折扣的二樓書店，大學時在那裡挖過期的《素葉文學》開始，貪戀書券，清倉必到。正如你去臺北唐山書店會發現絕版的香港青文書店出版的人文文學書籍，在樂文也會找到臺灣也不易找的臺版人文書。

在書店上班時，放假去書店，曾先生見我，笑道：「上班做書店，放假也是行書店？」我像被逮住了一樣尷尬地笑，他笑道：「其實我也是。」然後說：「你們那邊哲學書比較少？」我說不是，近年由《正義》帶起普及哲學熱，二十年一遇，上次已是《李天命的思考藝術》，我盡量推，架子桌面都算見得人……。他揚眉道：「是這樣？我要去看看。」次日就在店裡見到他。

最近聽到有些人說，臺灣書去臺灣書店買，香港書去香港書店買，可能這樣說的人平時不大逛書店，或者買書時沒留意出版地。香港書店一向臺版港版都賣，所以店的風格不顯眼，客源分流也不易做，當年只賣嚴肅文學書的東岸書店捱得多慘，如今主打嚴肅人文社科書的序言也是全靠人的熱情撐下去。他們是做理想，而樂文比較像做生意。樂文只賣繁體書，經歷租金和簡體書衝擊，目前看來狀況還好。連鎖書店主打的大眾生活養生書，樂文放得較側邊，銅鑼灣樂文的文學和藝術書更比較多一點。做生意不代表就完全向市場屈服，而是去掌握一套與市場相處的技術。

誠品來時不是沒有擔心過樂文，不過正是如此，看出樂文在生意上的技術。內道看門道，當時一進銅鑼灣樂文，門口一列時報出版的書堆出一條彎彎天際線，後面再來一排牛津的——我在門口笑到打跌，完全知道人家缺什麼嘛。我上班時盯人文類盯得特別緊，有時一本大書到了，一輪暢銷十分爽快，過幾日便突然下跌，後來多半發現是樂文七折。我恨恨咬牙幾日，銷量又回升，看來是小店存貨盡了……。小書店便是靠眼光、勒緊褲頭，在大書店的身後覷機抽一刀切幾片肉去，一寸短一寸險。

我是叫大家都到樂文去買麼？也不是，首先小店存貨有限不足支撐造勢，二來若大書店真的覺得被抽痛了，一旦大幅減價割喉，二樓書店的仗就更難打。所以我從來不怨誠品的書貴，各有各買，只望市場多元。香港人當然看錢最實際，但其實書有幾貴？貨比三家差幾文錢，一年紙價升幅都不止這個數。

銅鑼灣樂文林小姐比較COOL，絕少與我吹水。我最敬佩是她也不歸邊、不佔弱勢的位置。記得二〇〇三年許多二樓書店結業，樂文也要搬上三樓，報紙訪問林小姐，她不怨簡體書搶市場（那時這是主流論述），只說自由行炒高地價。後來愈覺這是真知灼見。每間店子都有生存之道，只是租金不合理的飆升改變整個結構，才讓本來游刃有餘的人慨嘆鞭長莫及。林小姐看市場的不公大概也有一套看法，但也只是淡淡說兩句，不高調，生意不靠說教。

在香港做生意這麼難，故事都應該曲折動人，只是我們不常聽到。我也願知道別的書店的故事，只是我恰好比較讀得懂樂文。近來手緊不能像以前那樣買書不看價錢，有次在誠品買到不夠錢落樓，要放棄幾本，福至心靈放下兩本歷史類大書，心想樂文應該會七折吧，後來去逛，它果然七折！恰恰正是那兩本！興奮到要拍照給朋友看證明自己的眼光。其實不算什麼眼光，實是窮人與小店，自成一套長年默契。

如何讓他活下去

手上拿到紀念羅志華的文集《活在書堆下》，由葉輝與馬家輝二位合編，花千樹出版。中間是羅志華在書堆憨笑的黑白照；翠綠軟皮封面，是青文的顏色吧。文集是趕在羅逝世一週年出版，心意明明。編後記談及書名，「是由於我們相信，再沒有一個字比『活』字更好，更貼切地為這本文集總結陳詞」，教人動容。對於與羅志華相識的人來說，他們失去的是一個具體的、活生生的憨直朋友，許多說不完的細碎故事淌瀉千里，佔據遽逝者留下的空白。編者是代替其他生者負起了無聲與喧囂之間的沉重張力。

羅志華與沈殿霞差不多同時逝世，都造成巨大的心靈搖撼。當時，悼念一間經營不善的書屋主人的文字，竟直追對娛樂巨星的悼念；實在，書，曾經在人們的生命裡留下許多重大的意義，比較耐得起時間打磨，所謂以質代量。現在看著書中從報章和網上摘尋而得的文字，會覺得羅志華的黑色句號承載了太多意義——人們紀念羅志華的方式，是勾勒書店時光、旋起旋滅的獨立書店、出版業的精神與理念、書在他們身上留下的痕跡。即使對於與羅志華不相熟的人來說，他們也哀嘆失去了一個理想的年代。

出版是一門對抗時間的行業。人們通過文字來抵抗瑣碎日常、機械運作的消磨、時間的流逝。然而現在，時間變得太快了。或者更確切地說，是商業的巨輪碾過生命，那龐大的聲音壓倒呼喊——書店在桌面鋪出推介的書，幾天銷量不佳就要換過、退貨；報紙的書版，總要談論（三個月內？最多半年）新書，書與作者，甚至讀者的抵抗，相對而言多麼微小。想來當日悼文鋪天蓋地，也許都曾有傳媒高層抱怨；悼文潮亦不過三數月而止——然而對於一個人的生命、一個時代、無數精神矍鑠的書，這樣的時限，又何嘗公平？

羅志華的死，像他堅持出版的優良書籍，始終引發重要的反思。個人與社會不能剝離，如果羅不是被拋擲到香港，這個對理想主義者如此苛刻的環境，這個天真的人可能現在還活得好好的。我珍惜書中優良的悼文與歷史鉤沉；同時心裡浮起某種弔詭。羅的死亡，引發兩種逆向的心態：後悔沒有好好支援有夢想的人和有價值的書，覺得自己做得不夠；反之，因為太惋惜哀痛，而覺得該早點叫他止蝕，阻止有夢想的好人陷入險地。

放棄夢想，做個平凡人，無災無難到公卿——不不不，這不會是那個天真的人和那些沉著的書籍所希望的。我們應該要對這種「平庸的誘惑」搖頭。讓羅志華、青文書屋、知識分子辦書店的理想、理想主義年代，堅定地活在我們心裡：在現實生活中，紀念理想，支持夢想，保護有信念和原則的人。與他，及他們一起抵抗。

IV

書展逆行

香港書展，如何又變眾矢之的？

香港書展在外本是有點名頭的；在二〇〇七前後幾年，有見到臺北書展的策劃者派員過來學習，爾後臺北書展的攤位分布、整體型態都有向香港書展借鑑。內地書展就更不用說是默默派員過來看，各處大型民營書店提及書展，往往也不會漏掉香港書展的名字。總括來說，以人流、講座、展覽三方面，香港書展本來在過去十年有累積的優勢。

但在香港本土而言，歷代的文化人、出版業界、香港大眾媒體都曾對香港書展有過強烈批評，多屆香港書展，都是挾帶著負面新聞，在轟動中開展。筆者翻看檔案，十多年來已寫過七、八篇關於香港書展的文章，在香港本土與外地發表者都有，泰半是包含批評。批評背後，無非是因為七月的香港書展始終是出版業界的大事，關於出版與作者的生死命脈，也代表著香港城市的文化形象，理應可以做得更好。今年書展自從六月海報面世，已經惹來極大批評，一般網民都加入批判行列。在公共角度看來，香港書展又到了要深刻反省的時候了。否則，也許會毀掉香港這個品牌。

策展之難：愛情文學為何惹爭議？

今年書展以「愛情文學」為展覽主題，海報是粉紅底色配上瘀紅色的拙劣手寫字體，抄寫各個愛情小說書名。海報一出網上譁然，醜陋到了刺激大眾神經的地步，不用專業水平都可判別，文化界固然更是罵聲不絕。現在要得到一個登樣的設計，其實已不必花太多的錢，不知究竟是無知惡俗到什麼程度，才會鬧這種笑話。就算走大眾路線，更要精美，這些年來香港社會的美感教育是提升不少了，香港書展再一次證明它落後於社會本身。

海報設計是外在的包裝，只要找對人就可解決。但策展是個更嚴肅而關鍵的問題。二〇一〇年摒絕模特寫真後，二〇一一年起，香港書展設有年度作家，而作家多為嚴肅作家（二〇一一西西，二〇一二也斯，二〇一三陳冠中，二〇一四董啟章，二〇一五李歐梵），書展為其作大型的展覽，認識其生平、作品、主題、風格、脈絡，並配合系列講座向大眾闡釋。闡釋了作家的核心，又展覽秉持平民化的氣質，即使以嚴肅高端的文學作家為年度招徠，仍然強調其跨媒體的部分，造成活潑的形象。亦是那個年代，每年都有「香港作家路演」，設展板介紹香港的嚴肅文學作家，也推廣到外地去。雖然進行不一定順利，但至少在外看來是德政，那幾年我開始覺得書展也做得不錯，沒什麼好罵的了，與之和解，轉向推介當年新書和美觀的攤位。

香港書展能有這樣方向上的改善，與背後一個低調的顧問團有關。傳說裡面有作家、教授等等文化人，相信也是這種陣容才能聯絡著名作家。很明顯，這個顧問團的成員在二〇一六年有所改變，書展由當年開始不設年度作家，並轉向以類型文學為展覽主題（列舉十名作家），走向流行。二〇一六年的年度主題是武俠文學，二〇一七旅行文學，隱憂漸見，二〇一八來到愛情文學，終於出事。

這三年來我幾乎每年都撰文，心平氣和地說明，書展以類型文學作主題，會引來很多爭議。嚴肅文學有學院的研究支持，而香港研究類型以至流行文學的人其實不多——類型與流行文學，出版量大，變化亦多，如要研究也不能只從文本風格入手（因為同質性高），而需要進行文化研究、產業研究，研究有極高的多元化要求，其實是需要更高超的策展人才。而香港書展一直是不想花錢在策展及研究上，眾所周知比較接近策展角色的是亞洲週刊，當然這是老字號，但反而令人質疑是否老字號能與當下出版風潮及狀況接軌？亞洲週刊擅長於處理流行書嗎？沒有優秀的策展判斷，就會引來「為什麼是A而不是B」、「這些人能否代表香港」的大質疑，最終是自暴其短。

武俠文學年代相隔比較久遠，如今已不活躍，範圍相對固定，引來的策展質疑較少。「旅行文學」那年，將也斯和西西加入陣容，已引來一定反對聲音，因為二人雖寫過不少旅行文章，說他們是旅行作家卻是貶低了人家。今屆納入「愛情作家」的十位作者，除張愛玲外，幾乎全是流行類作家，過半都是近二十年內進入市場的，誰入選誰不入選就更引爭議。用銷量決定是否入選？那隨便舉例：為何沒有張小嫻，為何沒有王貽興，為何沒有卓韻芝，為何沒有鄺俊宇？這些作家明明都很暢銷，在流行界有地位。香港市場的問題是，類型雖然市場占比較大，但其實類型中的子類型劃分其實不算細緻，子類型往往只有一位作家（如深雪的靈異加愛情）。流行作品的同質性高，貿發局也不敢談以主題或風格這些元素來選擇入選作家。選擇標準不清的策展，注定站不住腳。

書是商品，但特重多元與自由，需要提出精神維度，否則無法立足。眾所周知，類型文學有一定的公式，流行文學尤其著重面向商業，這都導致類型文學與流行文學在文學史上地位較嚴肅文學為低，因為文學講究作者個人闡發、獨一無二，類型與流行文學進入文學史，通常要有打破及超越類型和流行法則的性質，在中西各地、電影戲劇視藝各範疇皆然。本屆書展的策劃彷彿對此一無所知，沒的丟了自己臉面，亞洲週刊的老字號也要砸了。

過於側重流行會削弱軟實力

愛情是文學的三大母題之一，愛情並不限於愛情小說，相反，真能長久在人類史上影響深遠的，往往都不是流行小說（儘管它們銷量也高），像馬奎斯、昆德拉、杜拉斯等等，固然都寫下過刻骨銘心的愛情故事。香港作家中寫愛情而有特色的也不知凡幾，像崑南、蔡炎培、也斯、西西、辛其氏、鍾玲玲、鍾曉陽、黃碧雲、董啟章、韓麗珠、謝曉虹等等等等，其實可以推薦的人太多了，這個策展研究真的要很花時間做。現在做出來，太過偏重流行小說，這好像暗示，香港就只可談流行，香港人就只配看流行，很像一些大陸文學史對於香港文學的偏側定位（香港學界多有反對）。書是精神食糧，這就是代表香港的精神食糧？實在也是對香港的侮辱。

以流行文學為招徠，是想吸引更多入場人數？書業改變，二〇一七年已有報導，流行愛情小說銷量已經大幅下滑，連九十年代年出百本以上流行愛情小說的著名出版社尋夢園都已結業，因為這些消閒小說的功能已轉由網上滿足。策展方的香港書展和亞洲週刊，是否以為現在還是為了見愛情小說偶像而大排長龍的年代？如果開展後發現估計錯誤，那就請醒一醒吧。

以筆者估計，側重流行小說為書展主題，各地有名書展絕不敢效法，香港書展出了這個醜，勢將失去在亞洲區的帶領地位。事實上，今年深圳同期舉行圖書博覽會，以服務產業的型態，已經把臺灣書商吸引過去，香港只是過境踏腳石；這幾年的馬來西亞書展，立意做出品牌，禮待嚴肅文學，許多書商也都被吸引過去，香港書展已經被後來居上，影響力減弱。不在好處努力，食老本做壞香港的名頭，對誰有好處？

前些年香港書展的策展曾比較開放一點，例如梁文道在多方批評書展的做法和待遇後，曾有一個「少數人的讀書會」，在書展中舉行，由梁文道策劃，講者的酬勞也比較豐富。在顧問團以外，有些書展的職員也有心於文化，像曾有一位高級職員前來拜訪香港文學生活館，把「少數人的讀書會」託付給文學館。但過了幾年，我們赫然發現，這些比較熟知文化該怎麼做的人員，都給調到廣州去了。

講座的帶動力與影響力

好些年前香港書展已和旅遊業結合，每年提供優惠與交流措施讓旅客到港掃貨、追星聽講座。是，香港書展的講座，對許多內地讀者來說曾是十分吸引。陳丹青、梁文道這種在內地本有大量粉絲群的文化明星，來港捲動人潮不在話下，臺灣作家與香港作家，也都是內地遊客興趣所在。

在自由文化氣氛最盛的年頭，書展講座的影響力尤大，頂峰應是二〇一三年，擅造時勢的陳冠中任年度作家，他挾《盛世》、《裸命》兩部小說，把書展講座真正變成舞臺，在此發表對於中國社會、香港本土政治的看法，以意見之縱橫，作為作家影響力的發揮，更尤其凸顯了香港自由社會的特質。當時，非常明顯，內地旅客來香港可以呼吸自由空氣、聽到批判性的世界聲音、買到內地買不到的書。禁書銷售也令本土出版社有資源可推出其他比較小眾的出版物。其後二〇一四年，年度作家董啟章也在發表致辭時，向當時的政務司司長林鄭月娥提出建立香港文學館的要求。

其後當然是眾所周知的言論收緊，政治審查，社會撕裂，禁書消失。內地作家來港會遭遇限制，我曾親耳聽說一位任文聯領導的知名作家，訴說被限制不能來港的經驗。著名作家寫作不免觸及社會時事，那麼流行作家來港就沒那麼難了吧，但在於香港本土而言，他地的流行文學不見得會引起興趣，中港的隔膜反而因此變得明顯。言論自由是出版的基石，真正深刻的社會話題在香港書展難以獲得真正討論，香港以往在商言商的政治中立共識逐漸被推翻，香港書展的影響力，也因此進一步下降。

不能虧待作家與業界

談到作家講座，還有一點不能不談的，就是香港本土作家在香港書展的待遇。從十幾年前開始，香港作家的講座費就已是少得驚人的，五百港幣。現在連中學講座都不敢開這樣低的金額。書展人流年年增長，作家為書展妝點門面，講座由幾十人至過千人，都非常具體地帶動著人氣，門票是二十元一張，作家的車馬費只有五百元，很可能一直沒有加過。這是一個完全不合理，近乎羞辱的金額。這些年來，通貨膨脹物價飛升，連的士都加價啦。香港的作家難道是不用吃飯的？香港書展沒有考慮到包括作家在內的業界如何生存，只一味殺雞取卵，剝削他們的人氣與知識？真想問香港書展、貿發局的達官貴人，將心比己，換了是你，收這種報酬，你什麼感覺？

黃子華最近的告別棟篤笑，有一個為人傳頌的說法是「面斥不雅」，意思是文明社會，各人自求體面，做事要有分寸，不要迫人太甚，非得要人戟指罵之才檢討。批評香港書展對於作家的惡劣待遇，我看幾乎是每代文化人的共同使命，像要合力鑿開那厚牆，為同業爭取一點尊嚴。都這麼多年了，請不要抱殘守缺，就拿一點胸襟和手腕出來，好好對待作家和文學，當是為自己存一點體面吧，不要讓後世只記得你們如何剝削作家。

人流之外的品格

香港書展在外的名頭先是人流上的奇觀（年前已宣布入場人次增長至過百萬），人流帶動營銷量，做到生意是最實際的。這種型態，在本習慣高蹈的臺灣及大陸業者看來，有種平民化的氣質，商業似乎也代表著某種民主。

只是香港人不一定這樣看。早期香港書展的新聞是讀者一早排隊、衝入書展——買明星書。新聞媒體以奇觀報導之，但也訕笑品位不高。有指香港書展是「散貨場」，也是一種「品位不高」的指責。其實從銷售角度來看，所謂「散貨」

是郎情妾意，即使他地書展也是一樣。但「散貨場」形象指向的品位不高，究其實是因為香港書展在提出理念、核心價值、文化水平方面，做得不足。以前，書展的整體觀感很靠幾家有雄心的大型至中型出版社的攤位設計帶起，這些年來，PAGE ONE結業、上書局和KUBRICK退出書展，出版社營收亦收窄，可以想像書展面貌是傾向凋零的。而負責舉辦香港書展的貿易發展局，又有什麼途徑扶助書業或中小企，讓他們回過頭來強化書展？

出版業有雄心者當然想望，香港書展的營收，能像法蘭克福書展、倫敦書展等國際知名書展那樣以版權交易馳名——這些書展中每日常見六位數字版權交易，總交易金額數以百萬計，輪不到談最浮面的零售交易。但香港書展的版權洽談並不活躍，沒有多元的營收根基，只能殺雞取卵式的單純推高銷售交易。

現在書業M型化，暢銷型書籍與小眾嚴肅書會得到相對大的優勢；兼之手機時代，人們已習慣在網路取得娛樂休閒與工具性資料的作用，最受影響的其實是銷售曲線較短的即食型大眾書、工具書。近年書展最受關注的新聞，竟已不是新的出版物與暢銷書，而是棄書。有參展商在書展後遺下以噸計的棄書，實在非常惹人反感。我也看過，有參展商標榜「一百元任取」，我過去一看，全是不應出版的低質書籍，而人們就像綜藝節目那樣鬥抱得多書走，沿途大聲嬉笑，周圍認真賣書的書商都緊皺眉頭。以銷售損害品格，至此為甚。書展既已保證人流，發財也要立品，何不做得更有良心？

如果去和出版業的前輩談，他們會說懷念八十年代在大會堂高座舉辦的，香港書展前身，那時還是一個比較照顧業界，有展覽出版業歷史、談文化與使命的，能夠激勵業界。現在書的生意愈來愈難做，在各方面都遭遇前所未有的挑戰，我一再聽顏純鉤、梁文道等出版業達人，感嘆「從未見過如此兇險的書市」。香港書展如何體現今日書業面對的挑戰，如何與香港書業共渡時艱，如貿發局使命所說那樣照顧中小企業？前些年明明有點改變，如何又崩壞了？看著香港書展逐漸失去影響力，作為香港讀書人，不是不心痛的。本文的批評不過是替長久不滿的出版業和文學界，發一點聲，企盼香港可以有一個令自己自豪、立足於國際標準的書展。

書如城市的衣冠

觀察一個城市的書展，同時是在觀察一個城市的面貌。書如城市的衣冠，而作為活動的書展，可比喻為城市的舉止；書與書展所展示的城市面貌，重疊而又相異。香港彈丸之地，出版的書籍種類多如《離騷》中的香草名目；而強調多元並包的香港書展要把一切，都容納入為期六天的展期及佔地四．四萬平方米的展場內。說是像菜市場那樣目不暇給，絕不為過。而要了解並駕御菜市場，或至少在其中穿行，都格外需要耐性與眼光。

人流就是奇觀

外地遊客無不震撼於香港的地少人多、人口稠密、樓宇高聳密集；而香港書展會把這些特點更極端地集中呈現。一九九〇年首屆書展的入場人次是二十萬，多年來強調「書展熱潮」的效應，令本城內許多平時不多買書的人，也選擇在這時期大破慳囊。香港書展踏入二十週年，去年的入場人次近八十三萬。書展一如城市：在香港，人流本身就是奇觀。假日的人潮高峰時段，不但通道上擠滿了人，大部分攤位是裡外圍了三重鐵桶也似，到了讓人望而生畏的地步。

香港資深傳媒人馬家輝指出，臺北與北京的書展分別以深度和廣度見稱，香港書展則堪稱密度之冠：數以十萬計的入場人次；展覽與攤位浩卷繁帙；共舉辦超過兩百場的活動。試想像一下，同一時段最多有七場活動在會場的不同角落舉行，那些論點的差異所構成的多元層次，會比海港上空的雲層更重。

不可不知，香港書展是由香港貿易發展局（下稱貿發局）主辦的，這很大程度上決定了它的性格。貿發局近年戮力於將書展發展成一項旅遊項目，演講名單上增加外地作家，同時與旅行社建立連繫，造成了一定的旅遊效應。內地到港的旅行團昂貴者達數萬人民幣，最便宜者只是九十八元，貿發局還主動發布九十八元的低價以吸引顧客。內地旅客來做什麼？來買內地買不到的書、見平時見不到的作者、在會後發問時間抓住麥克風發表個人感言。貿發局也曾特別向誠品會員送出入門券，而那年臺灣館佔地逾九百平方米更是歷來最大。

多元或者蕪雜

書展是一項商業活動，雖然我們有時嫌它讓我們知道得太清楚。其實香港書展並不是真的匱乏高雅文化元素，過去就曾邀請王德威、張大春、朱天文、初安民、駱以軍、胡淑雯、鍾曉陽、董啟章、莫言、陳丹青等名家演講；只是，主辦方對他們的處理，不會與同樣受邀的流行文化人有所不同。香港文化人梁文道曾嘲笑「香港書展每年都必須搞出國際笑話，否則就不是香港書展了」，無非就是因為香港書展強調多元，力求成為包攬一切的廣闊市場，對於精緻深邃的文化出版與旋起旋滅的商業出版一視同仁，高雅文化與市井文化之間沒有很多分流措施，有時會出現讓有識之士感到荒謬的場面。比如今年書展開始前，就有網民反對以衣著性感的「少女模特」（港稱嚫模）來促銷書籍。在蕪雜的情況下，人也許會練就敏銳的目光：在書展的混亂會場裡，粉彩封面的愛情小說旁邊，可能就擺著流亡香港的老作家的重要著作、中國哲學的深研筆記、旗幟鮮明地反對中共的遺老文章。這裡面有種落魄江湖的辛酸，有時則呈現為草莽昂揚的生氣。

我也願意相信，香港的文化價值在於其開放性，在於交流所導致的變異，永遠處於未完成的狀態，有可能性充盈。面對激烈的競爭，則需更清晰自己的立足點：

當內地出版市場極速擴張，香港仍尚有立錐之地，就是一些因為政治原因而遭禁止的時評、文化、歷史書籍，可以在香港流通。記得大塊出版社曾推出「經典3.0」，請漢寶德、郝譽翔、李歐梵、陳平原等學者錄製講話在網上全球直播，並將巡迴世界各地多個書展——明顯，在此計畫中，香港被視為第一塊跳板。能夠借出地方給他人，是好事。

交流．耐性．安靜

事實上，貿發局銳意把香港書展打造為全亞洲圖書貿易中心；在巨大人流的覆蓋下，許多版權交易正在洽談，近年許多簡體書的臺版、臺灣書籍的簡體版、臺灣翻譯書的簡體版，就是版權洽談的結果。相對於如同大國世貿會談，我們一夥文學同志的經驗可能更接近游擊隊：二〇〇六年，我們就是拖著一皮夾的《字花》在會場亂轉，誤打誤撞找到了遠景出版社作《字花》臺灣代理；然後順藤摸瓜，再讓遠景代理了香港 KUBRICK 出版的一系列兼具深度和新銳的文學作品。

我們還是相信可以通過交流來突圍。

在香港本土，書展的人口早已分流：獨立出版社和獨立書店一般已放棄書展，因為他們的客源不在那裡；平時常逛書店的一般不去書展，反正深度的文化書籍在書展內不見得會斷貨，遲早還是會流入相熟的文化書店。好書者可以捺著性子不趕熱潮。事實上，許多香港文化圈的朋友曾推崇臺北書展多於香港書展，早年臺北書展的展覽、推薦書籍攤位的設置等等，都顯示出更深厚的文化底氣，更貼近閱讀的悠閒靜態。簡單來說，來到臺北書展，我感到自己被當成一個讀書人，而不是顧客，這讓人心感寬慰。如果有朋友願意在書展期間來香港，我會帶他去聽難得的講座，站在展場外圍觀察人群，去有文化人工作的攤位轉一圈認識一下；如果真要淘沙礫金去找書，就在人比較少的時間帶他去特定攤位；然後我們會去文化書店如序言書室、KUBRICK，那裡比較安靜，我們可以在架上排列的書籍中辨認自己，淺淺喝一口咖啡，慢慢聊無關痛癢或國家大事。

時逢書展，值得文學

在書市困難的時候，這幾年的書展卻常有文學書出版，並且造出聲勢，儘管銷量未必能和流行書相比，但卻可以標示出文字愛好者持續不懈的努力，並以豐厚的內容，引動正面的報導與評論，令城市的文化風景更美麗，不愧於香港國際都市的水平。以下就以筆者個人關注，談二〇一六年書展出現的幾本文學大書及現象。

文學地景的豐收

有些文學的耕耘持續多年，早已構成城中文化風景，靜靜滲入人們的生活中。自從二〇〇六年起的保育運動後，文化界對香港空間持續關注，文學界的地方書寫，也比以前更活躍及更有自覺。社區導賞團如雨後春筍，文學散步導賞也在教育界及民間興起。中文大學的香港文學研究中心，近年做了許多由作家帶領的文學導賞，今年出版《疊印：漫步香港文學地景》，結集十八位作家寫十八區的文學地景，甚有分量。

文學散步早年由本土文學學者小思帶起，她的一本《香港文學散步》，記錄多位南來作家在香港的足跡，與作品互照，成為文化界的範本。除了仰望著名中國作家的足跡，目下更重要是香港人的覺醒，包括重視自身在社區環境中卑微庶民的個人感受，覺察到城市規劃的不公義處，以及以珍愛態度去認識自己地方的歷史。

平日的文學導賞是讓學生和市民累積親身經歷，《疊印》則是在文學知識與書寫上再進一步。《疊印》作者主要為中生代作家，也有不少青年作家與學者，他們的作品裡有不少與前人作品的對話，因此內容豐富，場景描寫的文筆自然也是高質、有個人風格，也包含了不少私人經歷與感受。像張婉雯寫中文大學裡的食物，著眼小寫來卻趣味盎然。陳子謙的〈旺角們〉，一邊寫旺角的龍蛇混雜一邊寫旺角的書店，正正見出旺角此地的雙重性格，極能代表香港之層次豐富。阿三寫葵青區，裡面諸多對於空間與城市規則的評論，也見證在經歷保育運動後，文學書寫空間不再是個人的抒情，而是一種跨越公共與私密的議論。

中年的爆發：三本小說

二〇一四年曾有黃碧雲、鍾曉陽、鍾玲玲三位女作家時推出長篇，引起一時文學效應。筆者曾預言文學盛放的週期現在應是兩年一度，二〇一六年果然甚有看頭。三位長年寫作的男作家同時推出個人首部長篇小說：馬家輝、潘國靈、劉銳紹。

馬家輝的《龍頭鳳尾》先聲奪人，可謂當時書展最具話題性小說，已由杜琪峰的「銀河影像」買下電影版權。故事以三、四十年代為背景，香港（灣仔）為主要場景，陸南才由木匠、逃兵、拉車伕做到香港幫會龍頭，還和英國情報官張迪臣搞男男戀，故事布局已經充滿噱頭與賣點。馬家輝一向心繫江湖，書以亂世為背景，寫來熱鬧非凡，引人入勝的情節兩三頁就出一個，閱讀的感官經驗十分滿足。馬家輝曾笑談自己的「寫稿佬」經驗，以前也匿名寫過黃色小說，看來功夫未曾擱下，香港近年少見這樣好看到像武俠小說的作品。書中語言放肆，粗口與性器橫飛，男人味十足；但馬家輝的文字確實是好，段末偶見的敘事者介入，多有金句可堪引用，像「有些祕密不該對陌生人說，有些祕密則親近愈須保守，萬一道破，或會破壞一切。愈是重要的人，愈不容許有萬一」，可稱粗中有細，緩急有致，也是要到一定年紀與歷練，才能寫得出來。至於書中場景多涉昔日灣仔，簡直可繪成地圖按圖索驥，也是馬家輝「老灣仔人」的身分證明。

《寫托邦與消失咒》是潘國靈的首部長篇。潘國靈初以文化人姿態為人所熟悉，歷年來在煮字謀生之間練筆寫小說，並不容易。前作短篇小說集《靜人活物》筆法已柔順許多，今次進軍長篇，靜中可見鬥心。這本書遠比《龍頭鳳尾》文靜，採魔幻寫實手法，以「寫托邦」的個人內在關懷，對應「沙城」的香港隱喻，加入以魔幻為香港寫史的大軍。意象與隱喻明顯來自文藝系統，「消失」是由九七至今延續不斷的香港情懷；筆下寫作族群幻化成「夜寫者」、「孤讀者」等等，文學人自有會心，本書亦得到文學雜誌《字花》加持。潘國靈對城市學、空間、香港文化身分多年的關注與研究，在本書中應可傾囊而示；他的好學與對思想的興趣，也為本書加入哲學成份；不過有論者稱「本書乍看像言情、偵探、魔法小說，實際卻不是讓人欲罷不能的通俗小說」，可見本書在可讀性方面也有不少考量。

香港中年男作家，突然出走轉攻小說，這樣的例子悄悄有不少，像資深媒體人陳寶珣二〇一五年推出以雨傘運動為背景的《沒島戀曲》。二〇一六年亦有資深政治評論人，人稱夫子的劉銳紹推出小說《人性密碼：678914》。一如陳寶珣，劉銳紹亦在序言中明言是因為嘗催淚彈的社運經歷而寫，書中情節不少來自他的親身經歷，只是經過文藝的轉化。夫子的文筆風格比較傳統，有時透出他的評論者身影，而讀此書時也令我想起趙滋蕃《半下流社會》那種批判的熱情、樸實的憤怒。書名更顯示出，作者希望將香港所經歷過的大型群眾運動歷史連結起來，在群眾中思考人性。很有趣，當社會兩極分化，每天都有無數新聞來搶奪眼珠與憤怒的時候，不少本來不那麼文學的作者，都希望借用文學小說，為自己尋找抒發的空間，以不那麼直接與具爭議性的方式，好好敘述自己對社會的看法，希冀以文學的力量感動更多心靈。

《龍頭鳳尾》與《寫托邦與消失咒》都由臺灣出版社出版，《人性密碼：678914》則在香港出版。三本小說，可稱是以歷史、魔幻與現實三個不同進路，同時書寫香港，都值得珍惜。

性別小眾異色

香港的性別書寫近年有點冷落，儘管性別相關的新聞常引來迴響，但虛構書寫則一直不多，在這方面遠遠落後於臺灣。更有人說「香港沒有同志文學」，教人不忿。剛好出版《字花》的「水煮魚文化製作」，今年書展將推出兩本新書，洪嘉的短篇小說《PLAYLIST》和洪曉嫻詩集《浮蕊盪蔻》，有心人不妨注意。

《PLAYLIST》作者洪嘉也是媒體人，據說以前曾在網路上寫過同志色情小說。《PLAYLIST》的作品全以同志為中心，不避情欲，寫來也頗能觸動人。如果仔細看來，書中寫及多為畸零者，家庭破碎，情感創傷，失控與瘋狂，疾病與死亡——然而作者以一種平淡口吻彷彿隨便道來，筆風乃示意種種的出格，不過是人世常態。小眾的氣質便在於此：淡泊，不上心，永遠冷眼旁觀，在電視劇的灑狗血位轉頭而去，只冷冷留下一句話。但小說在敘述的控制力上是高的，語調冷淡但情節轉遞無礙，在情節上有許多細緻的技術位，比如種植、調酒、服藥等等，清晰俐落，更表示出畸零人群亦可充分掌握在世間生存的方法，生活並不困難——而讀者進入這些畸零者的世界，其實也不困難。明顯穿透世情，在「異／同」之間的掌握，《PLAYLIST》是高超獨到的。文學的性格複雜，它其實傾向大膽，無視於世俗的規條，但又抗拒定型與標籤，對高調撇嘴反眼。

洪曉嫻的詩集《浮蕊盪蔻》裡面也有寫到女女情欲，而洪曉嫻本身在網路上也有一定人氣，最近成為不婚媽媽，不少人都知其為雙性戀者。特立獨行的女性出書，也有一定效應和關注。洪曉嫻曾在做大學學生報時寫過「開房指南」，當時曾引來非議與攻擊，現在看來她不過是早早揭示出「土地問題」令青年的情欲空間狹窄。《浮蕊盪蔻》裡，做愛的地方常有很多選擇。當然詩集最可看處仍是少女的特立獨行，詩中主體的行動與環境的配搭，常可拍成頗具文藝性的MV。在這裡，性別、異色也是生活的流露，好像只是一種讓生活更美好的追求。

永遠閃耀的跨界精神

在這樣艱難的書市，都有小眾文藝出版社成立，是要舉杯慶賀。說的是「零度出版」，一次過在書展推出「時代碎片」三本書，葉輝的《幽明書簡》、石磊《*Stranger/Foreigner*》、方太初《另一處所在》。三本書的編輯風格統一為對立辯證結合，封面風格統一為俐落簡約鮮明的設計感，作者均有文化媒體經驗，內容上強調跨界與對話性——小眾文藝出版，本來就可以很精緻。

葉輝是香港文學重要作者，本身已擁有相當的讀者群。葉輝博學，旁徵博引，總是從一個點蔓延開去，穿越無數的書、電影、故事，像一個巨大的迷宮令人流連忘返。買葉輝一本書等於買了好多本書，因此葉輝著作我是見一本買一本的，把他提到過的東西都圈鈔下來，未來人生已經不愁沒有好讀的東西。葉輝也寫潮流重點話題，如「龐克教母」派蒂．史密斯和村上春樹，充滿人間的節奏；但寫香港舊物，如〈記徐柳仙〉，也是餘香滿口。

石磊這位作者我留意多年，她筆端常帶情感，文風肌理細密，是品質甚高的散文。終於等到《*Stranger|Foreigner*》出版，這位隱世作者終於有了作品的憑證。書是好看的，也映照出一個如我般的女性之理想生活型態。書中寫旅行、煮食、動物、種植等等，都是流行熱話生活所涉；而石磊常以藝術品、網路資訊、歌詞潮語、書與知識揉合傳達，短短一篇內可以有三個例證互照，堪稱非常豐富。而情感的筆觸又撫慰心靈：「後來隨年漸長，才發現要原諒自己或原諒別人，原沒有想像般容易，因為你不再年輕，別人也不再輕易給你機會，反之亦然。」石磊不裝智者，但她活得暢快、豐盛而合理。

我認識方太初時她在寫詩，後來筆名換成方太初，以寫時裝文化評論著名。《另一處所在》裡面的文章較雜，有文化評論也有個人抒情色彩強烈的專欄，文中有個「他」的作品裡情意若有若無。方太初行文也繁花綴錦東引西徵，不過情感的流露則很節制，倒是一個女性生活的側影比較確實具體。因為方太初著眼「物質」，器物衣飾等等生活細節，她一一引入理論、觀念、詩與文學，來為之尋找內涵。其中又以女子的角度比較鮮明，例如她寫蕭紅的陰性文字特質，說「魯迅、蕭軍在大主題之下，都寫得太刻意，而蕭紅，有時像自言自語，有時像記一些不值一說的，但忽然就一轉彎，就叫你給嚇著了，心悸不已，蕭紅文字裡時有生之可怖」。相對男性，女性總被認為是著眼瑣碎，小情小愛言不及義，但這裡面有更大的真實。

本文縱觀了好幾本二〇一六年書展出版的書，點水蜻蜓，但也看出，這真是一個書寫的關鍵年代，不少文學好書仍在艱難書市中尋找自己的路，跌宕自喜，各有自己的花朵。重要的是，讀者必須相信，閱讀文字比較多層次的實體書，才是心靈的關鍵養分——可以據此信念去克服土地問題，買值得買的書。

二〇一五書展悲歌

香港書展二〇一五年閉幕結算，根據官方數字說入場人次逾一百萬、人均消費九百元，都是較去年的入場人次一百零一萬、人均消費一千元稍為下跌。不過在場中逡巡，筆者聽到中小型企業的擔心都不止於此。人流少了，自由行數字下跌，政治八卦類禁書開始無人問津（出版也減少），書展將來可能連散貨場都做不成。

本土出版疲弱

今年書展欠話題書，幾乎除了買平價書之外，無進場的理由。幾個出版趨勢疲弱，如高登式網路小說開到荼蘼，網路作家只是繼續瓜分流行文學類，部分希望向政論類發展，但似乎並不太見成效。寵物療癒類的書有繼續出，但豈能比二〇一三年《尖東忌廉哥》一萬本的成績。二〇一四年的書展比較有文學焦點，包括黃碧雲、鍾曉陽出新書、香港文學大系出書等等，儘管這些嚴肅文學類書籍在銷量上未必很出眾，但至少能製造話題焦點，儘管只面對小眾，也可引來傳媒報導，尤其對品牌營造很有效果。不過文學類出書完全看機緣，視乎作者的狀態，業界操作影響不大。書市的新陳代謝減慢，想來二〇一四的文學盛世，至少兩年才有一度。

而眾所周知，香港去年的出版趨勢只有一個，就是雨傘運動相關的書籍之出版及銷售潮。而以往香港書展非政治化，今年的雨傘相關講座只有屈穎妍等反雨傘人士的「傘裡傘外博奕」一個。對外界來說，這不是非政治化，而是傳遞了一種選擇訊息。政治的低氣壓之下，書籍出版又如何會好呢？況且，老實說，後雨傘也的確有創作的倦怠，香港需要休息一下重新出發。

今年書展M型化繼續激烈，續有多間中型出版社撤出，KUBRICK、圓桌精英第二年不擺攤位，上書局的攤位依然漂亮，但自家出版已由去年的六本變成零本，簡直是冰點訊息。新的小型出版社要擴張至中型，主要出版網路書的有種文化和點子出版，除出版年輕的新類型書外，都加上贈品促銷。真正成功擴張到中型（一年出二十種書以上）的新出版社，今年書展大贏家應該是白卷，首要助力是蘋果港聞版對這間出版社的眷顧，簡直像拍特輯一樣日日有。不過相對同類型的新興中型出版社如亮光文化等等，白卷的流行書比較更有自己的風格。中型出版社的市場需索比較大，一般不是靠流行軟性娛樂，就是靠政治，而白卷的公關包裝則兼得二者，就是娛樂的政治，而且比次文化堂那一代更有年輕的氣質。這裡面的成功之道，一來是白卷已經打通文青（黑紙）、青春娛樂（100毛）、網路多媒體（毛記電視）的媒體多重經絡；此外，白卷及《100毛》的平面設計語言，也都是一種新的青年語言，是香港本土出版在設計上的一個進境，值得認真研究。

殺雞取卵的文化

包裝技巧等等容易上手，但堅實的內容生產模式，則似乎未有。作家或名人的臉書動態出事，逐漸替代報章專欄，這是否真能被閱讀市場接受，還需觀察。至於不少新寫的流行話題的書，什麼大臺血淚史云云，似乎暢銷之餘還是受到批評，不會是長銷書。不是人人都是陳曉蕾，潛心兩年出一本書，自然有看頭。倒是三聯，在學院中尋找歷史、人類學、社會學的香港類研究院論文出版，頗有一些好書，但在市場上可能是低調的。

書籍出版的流行化是否殺雞取卵，尚未可知，我始終相信香港有人在做高級而微言大義的流行文化。但書展賣場中的殺雞取卵就真的歷歷在目。我路經一家叫「超X體」的攤位，那是書展尾聲，攤位言明「100蚊任攞」，就看你雙手拿得多少。我過去看，大都是年輕人，嬉笑著掃掃掃，抱著大大一疊跑出去，共同構成一個真人騷的荒誕風景。我過去看一下，那都是我不忍卒讀的書——這是很合理的，這些大概全為市場而製造出來，而若它們對任何人有價值，大概也不必這樣瘋狂拋售。後來有報章報導展後有書商遺棄書籍不帶走，不知是否同一家。我只想起，詩人陳滅在《市場，去死吧》中有一首〈垃圾十四行〉：

「被拋棄的垃圾有一天被形容為奇幻
平庸的只是垃圾拋棄的自己
不斷的消逝又增生的日子像戴上眼鏡
透過每天加深近視來假裝遠景可見

……

忍不住想去勸止垃圾急不及待的長成
說得出的都是食物一個個日常的名字
嚥下的卻是苦澀，無法說清的語言

苦苦追尋到最後卻知老早已經拋棄
書頁飛翔化作翩翩黑蝶，只地面餘燼帶著
閃閃不滅的遠去十數年已逝的垃圾來相見」

書展夢迴‧閱讀記憶——記二〇一一年香港書展

每年的香港書展開辦，已是超越一城的閱讀盛事。如今出版業的賣書的，作家傳媒，或任何想透過書來標榜自己的，都不免一股腦往書展鑽。今年的書展入場人次已達九十五萬；與此同時，記憶依稀，傳說湮沒。如果要說香港的閱讀記憶，一直都如中國手卷古畫，散點透視，不同的時間並置，彼此之間並不能推論出直線發展的痕跡，只是並置。確實欠點唯物論的進化觀——本文亦願以散點方式，談幾個書展風貌、閱讀記憶，並把閱讀的地圖畫出書展之外，如同清明上河圖的局部，和局部。

出版自由與激烈競爭

香港可能是全世界出版最自由的城市。香港的出版一直不設審查，即使成立出版社也只需簡單註冊公司，書號免費可得，只需在印成後一個月送五本樣書到書刊註冊處（即使違反，罰款也只是二千元而已）。實在希望，有日能向某位前輩或某本史書探得，當年殖民地政府何以要讓香港的出版如此寬鬆。這份堪稱殊異的自由，令香港有不同於整個世界的出版生態；世界上沒有別的地方，像香港出版這樣輕易，一本書無論如何禁忌、如何欠缺市場、如何個人化，只要把心一橫，自掏腰包，不管後果（被告或堆積），然後在街上擺攤、派發，或後來的往二樓書店獨立書店寄賣，你的書就有人能看到。是以歷來都有禁忌之書在香港出版，有時打開一本「揭露社會陰暗面」的，通本都是簡體字，卻是「香港」的出版社，便知這一口自由空氣，還是被人渴慕著。臺灣自九十年代解嚴，如今「獨立出版社」蔚為風尚，但在香港，「一人出版社」早已是傳統常態，不少出版人特立獨行，鑽空子趕風潮趁時勢做話題書更大有人在。

香港一度被稱文化沙漠，但其實，當五十年代起兩岸都吹肅殺之風，香港便成兩岸文化思想之泉的出口交匯處。老一輩的讀書人津津樂道小時如何在街邊的書攤上找到各式書報，在連環圖旁邊有哲學書。加之香港以前一直是中國對外的窗口，五十年代以來的很長時間，香港都是華文界資訊的橋頭堡，春江水暖鴨先知的那隻鴨。資訊與西方潮流曾一度是香港的獨門兵器，便是勝在快、動態、緊貼西方潮流尖端——第一本中國意識流小說，便是劉以鬯的《酒徒》，生於香港這蕞爾小島。

香港一度是世界上最多報章的城市，一個區區小城卻有數十份綜合報刊，在五、六十年代娛樂尚未普及的年代，人人渴求文字，這些報刊大有需求。

同樣，因為出版自由，一人報章也很多，像小說家崑南，便曾辦過多份一人報章。只要一個編輯、一個記者、一部機器，馬上就可以出版自己的報章，這簡直是當年大仲馬搞報紙的方式。因為報章牌頭很多，競爭也便激烈。往往報章靠一樣獨門兵器保證銷量，餘下版面則表達自己的意見；金庸初期辦報只得一張紙兩頁面，半頁是他自己的小說。

專欄與連載

報章滋生連載文化，曾經養活許多作者。香港作家往往分出煮字療饑的「前花園」與為了娛己與述志的「後花園」；像梁羽生，一邊寫武俠小說連載，一邊自寫古雅的詩詞。劉以鬯的《酒徒》記錄了典型香港文人的生活型態，一邊寫武俠小說甚至色情小說維生，一邊寫嚴肅小說、編先鋒的文學雜誌，「只要還有一個人看就要繼續出版」。六十年代梁羽生漸漸「敗」於金庸，眾所周知是金庸引入了西方好萊塢的電影技法，小說的感官性與現代性遠勝於梁羽生。雖然不少人指出梁羽生的武俠小說舊學根柢較厚，金庸小說的歷史與考據有時出錯，但在受歡迎程度上，勝敗已分。這也顯示香港社會的閱讀狀況處於激烈的市場化。至七十年代初古龍冒起，借鑑於日本武士片、推理小說，現代味更重，市場與產量都更大，全盛時期古龍同時寫好幾份報章的連載，到後期更有不少作品是由人代筆。倪匡據說更曾日寫二萬字，一度自詡「中國字寫得最多的人」。而如許多的文字都有人急於消費，這個閱讀狀態也充分顯示都市的密集性與速度感。

香港學者黃繼持曾稱，傳統的散文是「士人散文」，而專欄散文則是「市人散文」，是寫給一般市井之徒看的。一般來說，專欄都要親切對待讀者，它是在報紙這個媒體上發表的，是消費品，是一個「想像的共同體」的構成關鍵，也是給市民茶餘飯後提供話題。內地的閱讀在掙脫革命文藝的宏大意義後，往往要很大力地提倡閱讀「生活化」；「生活化」對於香港人來說沒有任何提醒意義，因為香港的閱讀產品大部分都要緊貼生活，才能找到市場；而除了市場，書業幾乎一無可靠。

上海顧文豪說今年他在書展蒐購了《犀利女筆——十三妹專欄選》，實在有眼光。十三妹活躍於五十年代末至六十年代中期，不黨不群，非常神祕而少人知其面目，卻非常受歡迎。學者樊善標認為十三妹制勝之處在於：真誠辛辣，強調「獨立」，不向任何人賣帳；與讀者互動緊密，經常在專欄中與讀者對話；迅速而頻密地引介西方最新文化潮流資訊。這三點，也可視為香港專欄的制勝之道。有次談起六十年代的作家徐速，著名書評人葉輝向我說，那時徐速和部分文人名馳全國，本日香港專欄一出就馬上打電報送到上海等國內城市，全中國都在看香港。

既以引入西方新事物為香港勝處，難免有抄。像倪匡的衛斯理和原振俠系列，早被指出「模仿」源頭（包括田中芳樹），卻無礙暢銷；但還有一批英文書讀者（同理也有日文、法文），這類人往往比較高傲，堅持要直接接觸外國文化，抗拒香港本土那樣夾抄帶創的山寨版；也因能直接汲取外國文化，往往能指出山寨版抄襲的源頭，更評彈「移植」手法（有趣的是，這種人所屬之階層殊異，可能有知識分子，也可能有宅男學生，一個售貨員也可能讀日本原文雜誌）。所以在香港，書要大賣，不難；要騙倒人、做文化偶像、不受挑戰，卻特別難。因為資訊繁多，讀者族群分化，最流行者亦只能割據一方，不能一統江湖號令天下，甚至不見得人人都給面子。這是不是一種清醒呢？也許吧。

愛情夢與醒

說到清醒，又反向聯想到言情小說的鴛鴦蝴蝶夢。老讀書人說起，言情小說的大潮，原是六十年代後期由瓊瑤引起；當時臺灣仍有文禁，因而不少瓊瑤小說越洋而發表在中國學生週報，瓊瑤為此一直稱道香港的發表自由，孕育了不少文藝，有嚴肅有大眾。言情小說潮，大盛於七十年代中，亦舒、嚴沁、林燕妮等崛起，當時不少，出現了所謂「才女」，即在報上擁有專欄的話語權的女作家，曾一度形成一個互有微妙競爭關係的文化階層。最近鄧小宇二十年前的舊書《女人就是女人》復刻重出，裡面既寫名女人如方盈、徐小鳳、狄波拉，也寫舞蹈家黎海寧、時裝設計師Vivienne Tam，及作家亦舒、西西等，都象徵著理想形象和豐富的世界——即使是寫愛情小說的亦舒，這名字亦遠遠大於愛情二字。

言情小說背後的支持者，其實是六、七十年代的工廠女工，她們是辛勤工作養家的龐大族群，學歷不高，卻是獨立的經濟主體，支撐著電影電視和大眾文藝。現在於歷史照片中看到工廠女工，記憶中好像全是笑容和朝氣。言情小說作家替補名單不短，如今生產和消費量都遠超短壽的武俠小說；大約到八十年代開到荼蘼，主要是因為生活方式改變：連載文化與城市的生活節奏有關，男男女女下班後坐渡輪和長途巴士，買一份晚報細細把連載小說看完。後來地鐵車速飛快，娛樂選擇增多，人漸漸失去每日等連載出爐的耐性，報章推出一日完小說，而到網際網路大勝的九十年代，晚報文化正式消亡。

九十年代以降依然有才女，就是張小嫻、李敏、深雪等一代。她們沒有連載文化可倚，都是一本本書地寫，一年印五、六本書以作「職業作家」的證明。張小嫻以其新一代現代女性的視角，一度帶領過新的愛情小說文化。但才女文化亦於九十年代沒落。這批女作家樣貌娟好、依然有讀者，但是已不如前一輩的亦舒、林燕妮等根基深厚，也沒有太多人視之為偶像。問到其中分別差異，有說是新一代才女就算其中卓異者，形象都是職業女性（歷史證明，以「可愛慕者」為形象者，耐久性更低）；其教養、階級，不像亦舒、岑海倫、林燕妮那一代有貴族文化的氣息。又有說，時代變了，讀者也變了：打個比方，以前讀愛情小說的女人，就像《甜蜜蜜》裡黎明的姑媽，老唸著與威廉荷頓去半島酒店喝下午茶，偷偷藏起餐具留念，銘心刻骨、剎那永恆，一生她就守著那個夢幻的下午。後來愛情小說的消費者很多是職業女性，她們已拋掉前代女性那種對愛情夢幻的信仰。無信仰的愛情工業是否進入殺雞取卵階段？我不知道。但「港女」好像還是對結婚有信仰，關於婚姻的出版近年在香港大行其道。如今仍有新一代的愛情小說出版，但作者已無偶像氣息，而愛情工業裡更大的一個成分更是「尋夢園」（一愛情小說品牌）式的小說，封面是粉彩美女，作者是筆名（誰知道不是出自一個大男人筆下？），價格不貴，放在便利店裡擺賣。它們是毫無遮掩的消費品。

永遠面對目前

「唯有我永遠面對目前」是甄妮八十年代金曲〈明日話今天〉的一句歌詞，也是香港一派文化人的信念。本來書是一種自我延伸、名留青史的欲望之展現，但是有一批則被稱為「新文化人」的人，如黎則奮、馬恩賜、曾澍基等，他們七十年代末開始，進佔媒體，大搞葛蘭西意義上的「位置之戰」。他們有一種信念，就是不採正面進攻，卻想以旁敲側擊之法，將讀者潛移默化，例如馬恩賜寫賭馬的馬經貼士，卻想在其中宣揚馬克思思想。他們大量以筆名寫作（一人用數個筆名、或數人用同一筆名），在報章上大量發表，文章卻罕有結集，始終相信道在便溺，只有目前，不留痕跡。由於他們寫的都是市俗實用範疇（如財經、賭博、時尚、玄學），自有其讀者；這是否真能薰陶培養出一些出身普羅但目光如炬的讀者？我也不知道。但每隔一段時間，這種潛於地底深耕細作的傳奇便會被一些文化人轉述；而最近，我又在星期日的《明報》上發現了一位表面上寫廣告界實際批評國情的化名作者。

「永遠面對目前」裡面有一種反高蹈的態度，部分也是歷史與時勢造成。撇開新文化人其來有自的思想淵源不說，在香港寫文章的人，常有一種看透世情的淡泊，不求留名於世。我覺得這和殖民地政府一直以來的文化政策有關。自六七暴動以來，殖民地政府開始建立圖書館等提供基本閱讀資源的單位，對閱讀的定位一直都是康樂消閒之一部分，接近聊勝於無，最終目的是馴化市民（所謂教養），消磨其日常時間，是疏導躁動能量的軟性手段。回歸以前，政府並沒有太多推動閱讀的政策舉措。長期以來，致令出版界人士即使胸懷大志，但也很清楚必須面對市場；政府將閱讀定位為「消閒」，也一直影響著整個社會的氣氛。這樣能修練出個人的功力、挪騰變化之術；但對文化根基的削弱，則又是一個問題。

回歸後情況有所改變，首先是教育資源增加，每間學校都要努力推動閱讀，閱讀變成了日常功課（某程度上也成為一種教養的光環），這帶動了出版業往中學界努力耕耘。在學校裡，閱讀當然回復了一點「教育」的本位色彩，這有時又和關懷社會等議題結合。看香港書展近年主題，也要把閱讀扣連到綠色環保及高等文化等「有品味」的議題下，不復往年赤裸裸的「做生意」。而此時，出版業已受租金上漲、簡體字書的衝擊而元氣大傷，報紙副刊的文化版面也日削月割以趨於亡，於是在此時，出現了一種新式的「話題書」形式。

「話題書」也是一種一往無前的「面對目前」之姿態。而當社會怨氣上升時，以政治為題、諷刺時弊、辛辣批判的話題書便大銷。已出簡體版的《地產霸權》當是一例；今年還有一本極暢銷的話題書，叫《九評地產黨》。二〇〇三年以諷刺政治人物為題、漫畫為招徠的話題書曾大銷一時，救小出版社於水火；但上述二本批評地產問題的書，都是論辯周周之作，《九》是文化評論人陳雲所編，內收的更多是知識評論界頗有名氣的作者之嚴肅政論文章，平時若以作者個人名氣結集，當無如此成績。可以說，在時勢之下，「政治批判」竟然變成可以與「消閒」比肩的號召力度。某種集體的反叛也比以前更受注目，這一兩年以「八十後」為題的書，都獲得注意，在銷售上能以小搏大。

這一類新的社會政治話題書，與以往的政治或時事話題書相比，有很大分別。六十年代末七十年代，趁著冷戰勢頭，中國巨變，文革結束，香港的青年和知識分子社群感到身處巨變的浪頭，覺得每年都發生很多事，於是有大量政治雜誌和書籍湧現，論中國兩岸情勢，論西方民主發展，揭祕兩岸內幕消息。這些書讀者不少，社群清楚，風格穩定，幾十年來都無變化，仍是一看題目、封面照片和書法字體就認得出來。我不禁想，在香港這樣一個主流氣氛抗拒政治化的地方，這些政治書的讀者哪裡去了呢？有人說他們都成了「維園阿伯」，就是一些有強烈發表欲望、看來脾氣有點暴躁、每每用內幕消息和權力鬥爭去理解和評論政治和社會事件的老人，他們週日時常聚集在香港維多利亞公園，等待在電視節目上把他們仇視的政客大罵一頓。而新一代關心社會的人們並不走這條路線，所以面向他們的書籍，內容也比較多元化，設計新穎而有 parody 的幽默感，內容基本上著重公共性和故事性，不是從陰謀方面切入。話題書往往要靠書展的人流傾銷，此類話題書也為近年香港書展生色不少。

香港自己的書展？

香港書展前身是「中文圖書展」，於七十年代開始，於香港大會堂低座展覽廳舉辦。七十年代，香港本土意識開始萌芽抽枝。當時，經歷六七暴動後，殖民地政府了解到要提供文化、休閒、康樂，讓人民的能量有個去處，方能避免香港再生暴亂，壞了女皇榮光。於是七十年代方有圖書館、康樂設施如游泳池體育場，於卜公碼頭等地開辦予民眾參與的舞會等等——而大會堂（低座）作為表演場地，毗鄰圖書館（大會堂高座），以及天星皇后兩個碼頭，是低調平實的現代主義建築，淺灰，水泥，平實的窗框恰與人身等高。余生也晚，未能與會；而作為日後回憶，有出版人向我提及當時的中文圖書展比較面向出版業，有展覽香港出版業的歷史。而今年有文化人、資深編輯許迪鏘先生撰了一篇〈書展簡史〉，亦提及第十一屆亦是最後一屆中文圖書展，當時主辦者為中華民國圖書出版事業協會，會場所見，逾半都是臺灣書籍（參展書商有二百四十家，如臺灣商務、三民、幼獅、洪範、遠流和聯經等），本地出版業只是副將。言下之意，是香港書展之開辦，初期實令人有「香港自己的書展」之期許。

後來呢，後來怎麼樣了呢？香港真是一個很怪的地方，要回到其自身，要好遠好遠的路。一直以來，香港最暢銷的書，據說是字典、地圖之類的工具書。然後比較有保證的，是投資書——要是股市倒了恰逢經濟蕭條，心靈類書籍就會補上。經歷回歸的風物誌式硬資料，再到前幾年的保育熱潮，一種具創意的本土視角逐漸浮現，方言俗語、本土農業、鄉議局史、大家族史、建築、飲食、舊書復刻……，現在要找香港歷史和風俗故事的書，已較以前容易得多。其中所恃的，是年輕一代對於本土故事、自身來處的強烈興趣。而這種自我尋找，若以權威人士的一言堂口述來做，也不是香港年輕人口味。

從來不止是書

許迪鏘先生回顧書展舊事的文中，提到一件趣事：首屆香港書展舉辦時，「主其事者為局內以人脈廣泛著稱的David Yip，這位葉先生神通廣大，因恐新聞發布會乏人問津，據說私底下約請李嘉欣等『港姐』，乃至『波霸』葉子楣等stand by，若場面冷清，即擺出美人陣撐場。結果記者蜂擁，也就毋需勞動眾美人了。David Yip不是別人，正是文化文學界無人不識的小說家、散文家、藏書家、香港掌故學家、知名編輯葉靈鳳先生的公子。」傳說令人神妙，也讓人莞爾——但我暗自唏噓的是，即使是葉靈鳳先生的公子，當時盡管有香港最重視文化的八十年代餘威猶在（首屆書展是一九九〇開辦），都在心底裡不相信單憑書可以成就大事。八十年代是香港最有夢的年代，步入九十年代，有人移民，社會經歷經濟起飛，進入商品社會，樓價開始飛漲。剩下來的人都現實得不得了。魯迅以「救救孩子」來呼喚新文化，轉化到香港便是書展一直以兒童（其實是家長）為照顧對象，首屆書展更設有兒童遊樂場！所以合家歡一直是書展的殺著。

香港書展是B2C形式（商對客），一直是一盤生意，不管黑貓白貓，能夠賣錢的就是好貓。香港書展有多混雜，就是書（店）業經營的縮影。以前書展的新聞常常是報導人們搶購精品、漫畫的熱情，後來漫畫另開漫畫展，精品也放到另一展覽館去。一段時間傳媒又報導明星出書、簽書大排長龍，後來發現出書賺不了多少錢，明星們也就不奉陪了；如今書展的簽名區也在特別遠處，似乎已淡出「前臺」。去屆為了討好家長和道德團體，將「嫩模」（衣著性感的少女模特）逐出書展，場面更加淨化。被放到前臺的，是嚴肅作家、受注目的文化人，關於講座和作家的報導應該佔去香港大部分的報導篇幅。以前那種雅俗不分、沙泥混金的狀態，似乎已經被修飾得文質彬彬。我們應該為書展「回到書本身」而慶幸？有沒有人懷念昔日大隱隱於市、以市井掩胸懷的港式風格？香港書展是雅化了，而「香港」本身的複雜氣質，又有多少人懂得？最高傲的香港文化人會帶點不屑地說，以前是把好東西做成很廉價的樣子，降低門檻騙你消費；如今是把普通貨色做成很高檔的樣子，一樣是騙。

不認輸

香港貿易發展局是半官方的法定機構，香港會議展覽中心是最大的會場。香港書展如今是一統天下，無論在人流還是品牌方面，都愈趨完善。以前愛書人都嫌人太擠而不去書展，近年也為了講座而往會展中心裡鑽。但出版業仍有反權威的氣質，仍有不少人每年批評書展。一直以來，民間都未嘗認為香港書展盡善盡美，始終希望另闢蹊徑。在書展銷售性格太強、文化氣質太弱的年代，便有牛棚書展、灣仔書節，前者以知識分子為本位，後者結合創意工業，惜都不能支撐很久。近年新出現的是九龍城書節，定位更為年輕。這些書展規模較小，但是民間自發性較強，書種品位更高，門外有強大的地攤文化，自成親密的小生態圈。我想說的是，香港人一直不認輸，有大衛打倒巨人哥利亞的氣勢。所以朋友們來香港逛書展，我寧可把他們帶到城中僅餘的文化書店去，看看不一樣的小風景。

書展・文學・生路

香港書展落幕，入場人次又創新高，人均消費據調查也是高到令人咋舌——如果真的這麼好景，出版社和書店應該不會時常唉聲嘆氣才是。有傳媒報導指今年書展欠缺焦點，不過作為文學讀者覺得今年其實還是有焦點的，董啟章、黃碧雲、鍾曉陽等幾個香港有分量的作家，以新作出版、現身座談凝聚了文藝的關注。這些不知主流傳媒覺得算不算焦點，但正如茹國烈所說，只要入場人次中有百分之一可以接觸、認知到這些嚴肅而具深度的文藝層面的議題，就已經很多了。

之前香港書獎結果揭曉，獲獎者逾半是嚴肅文學書籍；書展期間傳出黃碧雲《烈佬傳》力壓群雄奪得兩年一度的長篇小說獎「紅樓夢獎」之消息，為香港文學注入了強心針。今年商務的攤位，把香港歷史的書刊陳設在前端當眼處，其中赫然包括三本磚頭書「香港文學大系」（新詩卷、散文卷一及二），天地則坐擁鍾曉陽、黃碧雲新作，聲勢甚大。臺灣聯經出版之董啟章《美德》與陳智德《地文誌》，均告再版。中華的文學線質素甚佳，三聯好像也摸索著要出文學書。前輩作者（配合大出版社）成績斐然，筆者感覺，我們有幸置身於十幾年以來的香港文學最繁勝境況。

另一方面，從會場觀察，書業狀態呈極端的M型，中型出版社十分難捱，攤位依然漂亮的上書局今年書展期的出版物好像大幅減少至五、六本（牛津的數目好像也差不多），KUBRICK、MCCM等幾家中型出版社撤出書展，文化工房有出書但沒有租攤位，川瀟社沒有出書。對文藝讀者的意義就是，除了文學巨頭之外，文學書籍的出版逐漸跟香港書展脫鉤，或有走向萎縮之態。藝發局文學組的資助動向改變，在此不無關係。筆者想出詩集，也曾被二間出版社拒絕過，他們對文藝有心，但都面對極大的倉存壓力；只有文化工房的舊友陪我瘋。（另聽說有出版社替文學作者出版，印量只有兩百，我難以苟同，因為這個數量小到會影響發行，出版社也理應為作者肩負起碼的倉存壓力。）換言之，出第二、三本書的中級文學作者，與中型出版社一樣，正面臨很大的困難。

文學書籍要走出一條生路，需要策劃推廣配合市場。往年香港書展有「香港作家巡禮」，也讓年輕作家如黃怡開辦講座，為何今年沒了？或者在香港書展，資源往往偏向外地作家，但據說現在大陸作家也對香港書展興趣缺缺。香港書展若需要內容，仍是要往本土發展。如果作家點將快完，我建議可以過去一年的書籍為單位，這必須要有內行的眼光。或者中小型尤其文藝出版社可以迎向其他社區小書展，去年馬國明的《歐洲12國16天遊》就在九龍城書節一紙風行創造話題。社區小書展多以生活為主題，我覺得書卷味和文學性是要增加的。否則，就等同放棄正在成長的文學社群。無論香港書展還是社區書展，我也覺得須有專業的文學知識來策劃內容。

美食博覽與個人口味

書展又如箭在弦，偌大的香港會議展覽中心堆疊著數以百萬計的書籍，然後會有數以十萬計的人圍繞它們旁邊，這怎麼也不能說不是宏偉的場面。今年內地和臺灣參展商的數量還有所增加，延續上年的中臺龍虎鬥——書展每年都會有外地參展商，包括法、日、星、馬、泰、越……，幾乎就是香港人日常會光顧的餐廳種類，好一場閱讀美食博覽。上年書展的入場人次有六十萬，比美食博覽的入場人次高出一倍有多，香港人的閱讀興趣與閱讀文化，應該是毋庸置疑、無可挑剔才對。

若閱讀已成風氣，連「推廣」一詞都是多餘的。可是，「推廣閱讀風氣」在香港還是放諸四海皆準的標語，且還有許多知名的書評人，不斷提醒我們閱讀的重要性。由此可見，數量和質素，是兩個分離的概念；而在香港，閱讀質素的追求，還和理想程度頗有距離。據說香港的書評渴市非常，許多書評人為寫稿疲於奔命。而大家都知道，某些美食推介會因為各種各樣的「市場因素」，漸漸成了變相的廣告而不再可靠——我們也可據此理解香港的書評文化：某些「推介」，和真正專業的書評，還有著大段距離；因此在推介的大量生產中，我們對書評、真正令我們快樂豐盛的書籍之渴求，仍未滿足。

雜食是讀書理想

博覽群書著稱的臺灣作家張大春，提出了一個接近理想的讀書狀態：「雜食性閱讀動物」。雜食性當然是指閱讀涉獵廣泛，而最關鍵的是，讀書要不預設目標，自由放任地在書的世界裡漫遊，與書本意外邂逅。像男人一進百貨公司，就指明要買某雙鞋；而女人則習慣亂逛——雜食性閱讀的偉大精神，其表現型態也許類似購物狂。購物狂不管實用，家裡積物如山，許多書癡家中情況類近。不過，也許很少購物狂會為沒穿過某件衣服而煩惱；但沒看過的書即使已安然在家中地板上，「要讀而未讀的書」，始終是好讀書者家中之幽靈，讓人焦慮不已。

不設目的、不為實利，這多麼困難。簡直就和那種「想成為×××，不可不讀這本書」的目標為本式推介語氣剛剛相反。我城香港的購物狂大概夠多了，我們何時才會把這種冒險精神，從「以有涯隨無涯」的潮流物件追逐，移到同樣無涯、但影響更為長久——如果不是永恆——的閱讀層面、精神世界？

寧可偏食，不要速食

與雜食相對，香港的知名書評人梁文道，在其書評集《弱水三千》的序言中，自稱閱讀「偏食情況嚴重」。在諸多彷彿手握權威、自命通博的論調裡，梁文道的謙遜，反而顯得磊落。其中道理一目了然：必須有「博」的視野，才知道自己的「偏」。書海浩瀚，如果臺灣「專業讀書人」傅月庵提倡的「亂讀」，對於工時過長、生活壓力沉重的香港人來說過於遙遠，那麼讓我們調整希望：起碼，建立一張有個人風格的閱讀書單，在自己喜歡的領域裡，成為一個有品味、有選擇，能夠分辨高下好壞的讀者。

強壯．精明．出人意表

書有分好壞，而好書之間往往更加針鋒相對。關鍵是讀者自身的經驗和判斷力。看到壞書不要緊，有時我們甚至會特意去讀壞書，在批判裡吸取營養，就像看爛電影不但調劑心情，而且可以在嘲笑裡培養幽默感。雜食需要一個強壯的胃，以去蕪存菁。偏食可以很有型，尤其當偏食者一眼看穿自稱無所不知者的謊言、百花齊放的假象。而香港那麼多麼連鎖快餐店集團——最怕是永遠停留在「速食」階段，書沒細看，無法分辨廣告語言和真心推介，胡亂吸收了雜質還得意洋洋，人云亦云張口露餡，這時只好代禱（因為他們所作的，他們不曉得）。

什麼人看什麼書，若你的書單與另一個人（或一份報紙、一本雜誌）的書單完全一樣，無論那是誰，都恐怕不是一件值得自豪的事。反過來說，見到一位手持《天工開物》的保安員叔叔，或一位捧著《隨園詩話》的龐克青年，我肯定作揖不止。世代混亂，與其讓廣告式書評在你耳邊七嘴八舌擾亂購物（可憐真正的針鋒相對式嚴肅書評在香港少之又少），讀者更應該在喧囂中吸一口氣，沉靜下來，張開自己的眼睛。

片段與絮語

一、

有些緣分教人接近無語——比如，我與香港書展緣分本來淡薄，素不相合。九十年代它初到會展大做之時，那時還在讀中學的我就不是顧客。大學期間也不去。後來開始做文學雜誌，就踏足書展講座見見作家，有時順便買一下減價書，但興致有限，寧可在書店買，比較方便。在書展購書的經驗都已經是三十歲後的事，多半是為了支持書商而掏腰包。

與書展的緣分不來自購物興致，往往來自工作需要。哪一年呢？藝發局在書展設攤位，文學出版社做營運，未畢業的我做工讀生賺外快。一起做的還有唐睿，他散發著一種法國人般的閒雅氣質，工作時就愉快得多。之後則多是因為寫書展的文化評論，翻翻舊檔案，十多年來竟有八、九篇相關的評論，包括給臺灣和大陸寫的。對著文章，想說自己跟書展無關也不好意思。許多文化人，如梁文道，都已經遠離香港書展，懶得對它置喙了。只是我還在寫。多麼不喜歡它，都花了這麼多筆墨，彷彿都成了熟人了。

今年還因為有文學館自家出版，及新創的《無形》雜誌與「虛詞」網站，而到書展擺檔去，拿那個「參展商」的PASS。書畢竟是我的事業。書展就像一個儘管看不大起但因為太近而無法迴避的人，都已經要碰到我的鼻尖了。

二、

書業M型化，不少中型出版社結束，包括PAGE ONE、上書局等；以往比較大的攤位如CUP、超媒體等都縮小攤位，其實會場有點撐不住昔日骨架。於是臺灣出版社的攤位也從三樓挪下來，會場後方是賣閱讀器、電子文書產品，以往後方是雜誌攤位的地盤，現在雜誌又何等艱難，連《飲食男女》都要結束紙本了呢。

愈做愈大的當然是三中商攤位，今年比較對香港本土用心的出版，都在三聯。另外值得看的是大學出版社，他們資源穩定、書稿水平也有保證，攤位也有設計，容易凸顯嚴肅端莊的風格定位。簡體書出版也每年有稀奇圖冊，黃碧雲也要去看的，但我不到收藏圖冊的經濟水平，就不去了。

文學館的攤位在HALL 1B行中間，即邊陲。這行前端是「毛記攤位」，今年他們基本上是把攤位當成招股宣傳，書已經少了。隨後是數個新生網路文學出版社，有些創辦了五年以上的會更主流化一點，新近創的則更重偏鋒噱頭，排隊簽書人龍都在這邊。我方攤位前後，已經出現賣女模寫真集的攤檔。

高大上的主流處，沒有我們的位置。肉光緻緻割禾青搏殺型的主流呢，也一望可知與我們很不一樣。得出自己的邊緣性質，心下恍然，也就安之若素了。

也就是說，格格不入。我通常穿寬身裙子、背背囊，踩著篤定而無聲的腳步，穿過這些攤檔，臉上掛著禮貌而隔閡的微笑，回到自己的檔口。我想這些是與我無關的東西。但又是這麼近，我不能完全說是無關，至少要找到與之相處的方法。

三、

書展的人流奇觀，如果讓我來說，並不是瘋狂購物喜笑顏開的部分，而是在會場周邊，席地而坐的人群。在HALL 1會場的入口前方，就總有一排人坐在地上，有時圍兩三層。有些席地而坐，有些用地圖小冊墊地，開噏、看地圖如遊客貌有之，捧著飯盒趕忙大嚼汁水四濺有之，父母哄著扭計的孩子有之，高聲講話者有之，自拍或LIVE CHAT有之，有的乾脆如玉山傾頹倦極入眠，街頭露宿一般，也許也像春運遇滯的廣州火車站。我不知其他會展大型展覽會否有這樣的情況，一般商場是見不到的，早被保安攆走了——是香港書展人流實在多，座位怎樣都不夠，要趕的話也不夠人手。

香港的法則是向前走，「不准停留」，但根本是太多人跟不上這法則了。像戰爭所製造的難民，我們是「流動」所製造的難民。也許，書本就是一種牽涉太多回憶的物品。

在會場外沿落地玻璃窗設有白色軟皮座位，比較舒服，又可以對觀海景。而如果連座位都不坐、坐地上吃盒飯的呢，多半是工作人員。我就和羅及袁坐過，看他們吃飯盒，回會場又變回公眾人物坐等簽名。大好青年，他們鎂光背後的辛酸，我都不好意思說起。轉頭一看，一個穿著套裝制服的女子吃完飯盒後直接倚窗睡著了。她好像代我說明了一些想法。

黃碧雲離開我們檔口時，我建議她一定要留意周邊地上的難民。我看著他們總是目不轉睛。他們是整個瘋狂購物的剩餘和真相。

四、

遇到營業就會有種微妙的東西，比如叫人氣，更準確可稱為「招財貓氣質」。我一直被小眾獨立書店稱為招財貓，有位出版社老闆也跟我談「吸引力法則」。我對吸引力法則這種東西沒有興趣，只是確有自己不時帶頭走進一些空無一人的店中，爾後就有人跟進來。但我在書展見過真正的招財貓。黃碧雲走累了進來我們檔口，坐著翻雜誌《無形》雪雪作響，突然檔口人流就變多。人們不見得是認得她。彷彿只是天然的力量。

而我見此，亦無動作，只如一般零售狀況。我懷疑我那敏捷反應的零售模式，其實是以某種遲鈍為前提。當年，歷來做文化評論又教書的我，進入書店零售服務業，自己也預設有心理關卡要過。我記得那時看過一個影片，北歐魚市場裡的賣魚者團隊，把大魚拋來拋去極之歡快，其中一個人說，每天是否快樂，是由自己選擇的。

從此我便想像，零售有種朝生暮死的輕盈感，今日遭遇到的不開心的事明天便忘了，逐天逐天的算日子，朝菌不知朔望，蟪蛄不知春秋。因此也是一往無前的：強健到不會思考死亡，讓一切言語數字人面流過身體如同沐浴，過後擦乾。

五、

一直以來，我在書的賣場，是不用進食喝水，十幾個鐘頭那樣一直做下去的。據說這就是所謂我的「自然環境」。我以為我可以一直這樣。

會展二樓有一家意日閣，消費略高且選擇較少，於是常有位子。那一天我早上跟訪問，下午見臺灣出版社的人，晚上再有飯局，中間所有時間都在檔口站。在接近五點、兩頓飯之間，突然感到全身困倦，大概是血糖耗盡。我便到意日閣叫杯卡栢仙奴，伴碟的曲奇餅乾比餐牌上所有蛋糕都好。部長見我這樣，額外送我兩塊。我又再叫一杯。發現一切不過是血糖問題，那麼容易解決。

次日腹痛，無論如何無法從HALL 3 走回 HALL 1，只得又在意日閣坐下。腹痛加上睡眠不足，手腳冰冷，眼冒金星，基本上只能閉目喘氣。心中盤算著不如在灣仔租間酒店馬上倒頭睡，在手機開APP比價，如此個多小時，喘定，幾乎要下訂時，轉念一想還是先回檔口看看。於是顫危危又向賣場深處走去。

站著站著，竟然恢復過來。我檔口有文青少女工讀生，不需叫賣，賣的都是自己熟悉又喜歡的書籍。如此種種，如何成為一種舒張肌肉的藥劑，我想還是一件微妙的事。總之，我恢復過來，無人知曉以上的片段。

六、

到提筆這一刻，那件事我還是生氣。竟然遇上到結數時，才要求提高來貨價的人。素來入貨價談好，你就不要管我賣多少錢，總之賣得掉就是我本事。這種規矩有人竟然不知道，我經理向之提出，亦不接受——待得我來，已經是耐性耗盡的爆炸狀。我一恨其計較，二恨其賴皮，被我指責時就賴著臉說「第一次誰知道這些規矩呢」。天啊，無知都成藉口。

都不屑談，差點沒拿著那點錢扔上對方臉去。不過是二三百元的差額，你何必要我在你的下屬面前給你好看？整件事，小到不得了，因此也笨得不得了。歸根到柢，還是恨其笨。

七、

常有些英雄氣短揮灑沙場的想像，好捱過零售的機械重複與無深度。過後知不過是那一點點錢，規模稍大的店家都會嫌賺得少說下午不來了。

只是賣書我真的開心。問工讀生們想不想再賣書，他們一片沉默。我自己的書沒備很多貨，賣完了——但我發現，賣自己的書，倒不是最開心的。

——很想跟他說，賣了多少本，賣完了，我了解你，所以了解你的書，所以可以賣得動——但操持這種商業修辭，其實對方無法明白，最終多半不歡而散。賣書者是低於作者的，但能夠不歡而散，又近乎平等了，或者我就是因為這些逾越，至今令人提防。我有時知道，賣書是維持關係的一種方法。我數算著那些數字，像把詩句電報化。極低限的，單方面由我想像出來的，以庸俗金錢數字覆蓋著的，綿綿關係。

V

書的流連

迷路的低語

波赫士低語：圖書館乃是無限的周而復始。一個永恆旅人從任一方向穿過圖書館，幾個世紀後他將發現同樣的書籍會以同樣的無序進行重複（重複後就變成了有序：宇宙秩序）。波赫士說，這個美好的希望，可以安慰他的孤寂。

我始終搞不清楚，波赫士是喜歡有序呢還是無序。處女座就是這樣麻煩。而恐怖的是，他觸感冰涼的文字，恍如來自太初諸神的空間，卻完整連結到了後現代的賽博感（cyber feel）。穿越時間的書寫，像超越光速而迴返逆行的那個箭頭，開啟時間的蟲洞，所謂異樣空間——庶幾便是網際網路。

於網路裡尋找資料，從一個超連結按到另一個超連結，從一種語文到另一種語文（也包括從一種翻譯機器到另一種翻譯機器），以必定低於一秒的速度搜尋到的以十萬筆計之資料數目標示在螢幕右上方，在心急浮躁的眼球運動及指尖點擊裡，文字、圖片、影音如鳥飛之遺音。也許是，每逢在文字裡迷路，我便想起波赫士。

都是由知識、資料、斷片組成，我隱然覺得圖書館與網路的感觸是不同的。網路裡的資料重疊性高，反反覆覆兜兜轉轉，修改痕跡不顯著，然而明知一層覆著一層、漫衍無盡，有時還會以關鍵字的變化或名稱之惡搞躲開你。同質性與變化程度都走向極端，這便是海了。海浪疊疊蓋來，動作不斷重複而未曾有浪是相同的，早已不可輒止，並且以極坦率的姿態，攤展地平線，彷彿一目了然，然而卻可以有吞沒一切的危險。這就是我們性格矛盾而勢不可擋的網際網路。

而傳統圖書館的經驗，或曰魅力，則是接近山的：與海相比，山的細節更為可見，它的豐富和結構方式，較為肉眼可辨。儘管它帶著視覺的多元，卻具有可見的統一性，這與網路以一個螢幕去展示一個知識切割面，是不同的——它會顯示時間在它身上的痕跡，不像網路上的時間急過無痕。走過書架，那些生於不同年代和不同家族脈絡的書，如同膚色、瞳色、種族之不同，時間沉積岩的層次會鮮明地顯示出來。海浪會捲動衝向你，而山則沉潛不動，你必須走向它。它是高處。讀書人梁文道說，圖書館對他的意義很簡單，就代表著「看不完的書」。圖書館，是一個「遠方」。一個逃避你掌握的未到達之地，具體的信仰圖騰，讓你學習敬畏的地方。

我一直不相信網路可以取代書籍，正如你也不會相信網吧可以取代圖書館。虛擬會令書的物質性進一步成為一種宗教或拜物。書的裝幀、痕跡、簽名、氣味、觸感、褪色，都構成「靈光」（aura），記得日本電影《情書》嗎？在借書卡背後不斷寫著的名字藤井樹，在圖書館電子化後已近乎不可能，但人們的嚮往不滅。書不是螢幕上的字元，而圖書館的環境也不止書架和桌椅，圖書館應該重拾自己的空間身分，讓閱讀行為超越眼部運動，考慮光線、座位、建築、環保節能等向度，甚至，把閱讀行為作為一種集體行為、一種行動來理解，盡量在圖書館促成人的聚集、行動、討論，這樣可以讓圖書館以其知識為基本，進行市民公共空間的建設，如此可以打破網路把人鎖定在小螢幕前的閉鎖性，重塑閱讀與知識的公共性。

雖然讓波赫士來說，他還是會說，在網路裡迷失，與在圖書館裡迷失，是一樣的。因為家族性遺傳眼疾，他在中年以後失明。

小書節與文藝社群

二〇一二年十一月初舉行了第四屆九龍城書節，一個青春熱鬧的週末。以往都是在書節前寫文章或做宣傳，這次想在過後都記一筆，讓書節的生命延續在銷售以外。

小書節大概起始於二千年代初的牛棚書展，當時一群在牛棚藝術村的文化人，特意想在講銷售和散貨、讀書人興趣缺缺的香港書展以外，搞一個有文化視野和品味的小型書展以對抗之。小書節不太講銷售（因而場租也較低），會訂立較有指向的主題，然後輔以文化活動帶動人流及討論氣氛，周邊是賣二手書、CD影音和手作飾品的個體戶地攤。我那時還在讀研究院，膽粗粗便抬桌子、舊書、首飾去販售，還與主辦單位有過小型角力。

此種另類書節，一度曾浮現不少，如灣仔書節也是搞了幾年。但如果書節純講書的銷售、面向的是任何階層的所謂「模糊大眾」，則定位不易鮮明；灣仔書節、冬季書展，其實都愈來愈像香港書展。淘沙瀝金，歷史記住的可能還是面向小眾的文化書展。

牛棚書展搞了幾屆，曲高和寡無以為繼，便由九龍城書節在二〇〇九年左右接力。主辦的是青年組織ROUNDTABLE（按：之後由兆基創意書院主辦），在九龍城這個並不算都市中心地帶的社區舉行，難得的是兆基創意書院借出場地。青年的視野，結果比高等文化更耐消耗，幾年下來，九龍城書節是有所累積的。就講座議程訂立而言，九龍城書節的視野堪稱複合，有文化、藝術、政治、國際視野，講座也有一定的叫座力。記得有一屆的活動，是梁振英與朱凱迪對話，討論香港土地運用的政策，老實說對當時民望低迷的梁振英頗有幫助，朱凱迪後遭起訴非法集結，讓人覺得朱被過橋抽板了。第四屆以「末日／未來」為題，涉及的有信仰、空間、文藝、環保等主題，依循「更好的生活想像」的路線，而又更添小眾趣味。我想可以說，去九龍城書節，已經代表一種比香港社會主流更進步的生活想像。今年講座裡出現的新面孔，青年藝術家、青年公共知識分子、新的文藝團體，我祝願他們將來在香港有更強的影響力——他們好，香港好。

在九龍城書節裡走，詩人陳麗娟拉住我說，你有沒有發現，書節裡的女孩子打扮都是某種風格——手作，棉染，色彩天然，層次豐富的混搭，自造的精緻頭飾，統稱手作天然文青LOOK。其實這就很準確地形容了九龍城書節的人群面貌。我想這些人中，一年消費三十本書以上的，不會超過一半。但他們願意來到一個以書為名的場合，成為空間中最重要的點綴。這和小書節的地攤文化有很大關係。

對於這些文藝青年來說，地攤是可以讓他們以消費之外的方式，去參與這個書節。地攤售賣本土農民出產的農物果醬，宣揚在地理念；賣自家手作的飾品小物，充滿個人風格；二手書及二手衣物，在套現以外更是環保，而且交換了個人在衣服與書裡的故事。從消費者到生產者，人會獲得尊嚴並對世界懷有好意。地攤之間互相幫襯，交換製作心得，結尾時更互贈留念，就是小型禮物經濟的體現。

不過，書作為一種大眾商品，在這種時候會顯得比較弱勢；書展場內單位比較外面地攤，是比較冷清。我覺得九龍城書節也是時候，多從書的角度去考慮策劃及物流方面，以免書節被喧賓奪主。但因為場租低廉，回本不難，也讓一些文化出版社可以有機會來打打品牌。有趣的是，雖然場子裡買書的人沒有香港書展那麼多，但你還是會強烈覺得，這裡人群與書的關係，比香港書展那裡緊密得多。

在九龍城書節，你會看到一個文藝青年社群，明明在生長、壯大。因為建制、商場、學校無法吸收他們，他們都湧到地攤去。這種健康茁壯，其實反過來看也是社會的病。地區小商場都被高級化，這些年輕人很難像早年那樣自開創意小鋪了。你會問，如果沒有兆基創意書院提供場地，他們可以在哪裡搞這些？香港搞這麼久青年政策、創意工業，有沒有這些年輕人的身影？我們的城市，還容得下這些不願走主流認定的階級上升路線的孩子嗎？

我從第一屆牛棚書展開始，幾乎是見這種小書節都要去，而且總要賣一點什麼。沿路朋友招呼、勾肩搭背，甚至有些攤主，年年見都成了熟人。我總是覺得自己屬於那裡。開始時年輕，不計代價地坐幾程的士運貨去賣；後來自己變成搞活動的人，擺了攤子都沒時間顧，留個小信封寫「鄧小樺自動找贖小書檔」，也完全沒有失竊過。去年已經是很糟，連續搞活動完全沒時間進去書展場地；今年在上班連活動都沒時間搞，頗有一點心理壓力，覺得自己是不是超齡了。後來想起，有個手作人聯盟叫「星期天藝術家」，意即有一群人，平日要營營役役上班，只有星期天能做回一個比較接近藝術的人，這群人就專在類似手作市集、書節地攤上出現。心覺找到自己的身分認同，坦然便去，悠然細看經過的美少女們。

記得那一年的書節，近五點了我才清出一堆書去賣，攤子擺在最後，幾乎都沒人經過，秋日黃昏的涼風吹來，我們坐在長椅上，自然款款擺動，像迎風的穗草。你習慣這樣的場合嗎。我搞牛棚書展，我很喜歡這種小書節文化的。並沒有很多人經過我們的攤子，但書很快就賣完了，我心知那是讀書人不易抗拒的東西。一切多麼輕快，如魚得水。那樣的事情後來再也沒有過。

念念不忘，必有迴響

在喧囂的日子中，有一件本土文化界頗為震動的事，靜靜發生。那就是，九十年代重要刊物《越界》的主編張輝，把他七十箱藏書及雜誌，送予二手文化書店「實現會社」售賣。因為數量太多，小書店又無貨倉，便於火炭工廈的走廊處直接開箱售賣，時間為八月的四個週日二點至七點，價格非常便宜。此消息在關注香港歷史、文化的社群中引起不小震動。

當日去的人還是以書癡為多。在無冷氣的工廈走廊裡人人大汗淋漓，大部分人比我年輕，認識的人多來自文學界（香港文學社群的歷史蒐集癖好可見一斑），也有劇場界及讀理論的朋友。年輕一輩相當狠猛，搶起書來是香港書展的水平；比較老的較為親愛禮讓，途中還不斷向青年介紹這本那本。書癡如林冠中廖偉棠一早來了捲沒而去，我來遲了只能跌足興嘆。偉棠教我斷捨離，我卻只覺得他是淘到寶後「站著說話不搖頭」。

二手書便宜乃令窮文青們趨之若鶩，當然也因為香港書出版過後少有再版，書癡們已習慣往各式二手書場合鑽，盼望發現許多傳奇好書（如黃碧雲著作、也斯著作、早期西方理論譯本等）。

可能書癡總是對這種賣舊書的狀態投入太多情感。香港的獨立文化書店旋起旋滅，大學以來已見證過許多書店結業的最後一夜，東岸書店、青文曙光……，現在我書架上的英文理論書很多都來自當年山林道的一間二手英文書店結業放送。

常人見到滿架的書，都問：「看得完嗎？」書癡囤書，這個問題從來不想。因為空間問題迫不得已放棄幾本，就錐心刺骨，賣仔莫摸頭，一摸眼淚流。東岸時期偶見大規模的書癡放書，如今架上許多絕版香港文學都是那時囤下；淘書之時驚歎質素，反過來又擔心原主是否出了事，以致這樣放棄藏書。多情的書癡想像，書就是命，書在人在，接過別人的舊書，彷彿觸摸別人放棄的生命，書的溫度中閃動漠漠的死亡氣息。已故老師高辛勇教授因病退休時不得不把所有書捐給圖書館，我如今只保有他一本保羅．德曼的《*The Rhetoric of Romanticism*》，是我借去賴皮不肯還，如今成為我和老師唯一未完的連繫。解構主義者不相信任何固定概念，無情瀟灑，而我們凡人總是不能做到。

九七年後才進入大學者，錯過九十年代文化刊物的黃金年代，我就是在這種空白期成長，幸得中大學生報的前輩指示，養成了追溯刊物歷史的習慣——這無非也是負擔。傳媒也有歷史，然而金主易手、編輯變換，留下來的往往不是原初那一回事，而我們的城市中，歷史總是無處容身的。這次我是去看《越界》，看著便知先一輩的書寫習慣、構語品味是如何形成：先鋒，解散，以分析眼光看城市文化……，張輝身在異地，這批書又成為流徙的歷史——與張輝同代者、比如《越界》的作者們，那工廈悶熱的走廊理應是他們的世界，但淘書當日卻幾乎不見他們任何一人。瀟灑還是飄零，香港文化的命運？後人唯講對白：念念不忘，必有迴響。

微寫作・斷章年代

都說這是「微寫作」的年代。書寫的載體會改變書寫的形式與內容，自古皆然。尤其在大敘事匱乏、內容單一但書寫由網路推廣而愈加平民化的今日，網頁、博客、臉書、微博，已經取代傳統的日記、專欄而成為模塑書寫的最重要平臺。

微博結集《碎碎念》

微博的一百四十字限制，已經成為這個什麼都講求短小精悍的年代的新鮮框架。資訊與論述的分野愈加模糊，讀者也對此類分野更無覺察。微博曾推出一百四十字的超短篇小說創作大賽，內中不乏有趣新鮮的作品，但集合在一起看，不免互相抵消——讀者在一個個短暫爆破的一百四十字煙花中，目炫神迷之後稍覺眼花繚亂，猶如嘗味不知節制而失去味覺。

彭浩翔的《碎碎念》（下稱《碎》）是其微博結集出版。利用微博這一新框架的，彭不是第一個，記得之前王貽興亦有將微博（及他人回應）結集出版；但《碎》引來的迴響較大，無疑彭較能掌握微博這一國產「新聞＋社交」平臺的特性。《碎》是彭在微博上徵集內地網民提供關於文革的經歷及記憶。不避奇異，不嫌瑣碎，以庶民個人角度切入，一個人或一個家庭的見證。它既有著以往文革苦難者親述的歷史文件特徵，又從回歸前後的「口述歷史」強調個體真實大於歷史真實的價值觀，過渡到今日網路平臺非常個人化、真假難證的狀態。我覺得彭浩翔的聰明在於，他既抓住了時代的特性，同時也敏感於所謂碎碎念，始終在一個比較大的題目下，是較有吸引力的。並且，在微博及臉書這樣強調個人身分的平臺上，也許「真實」比「虛構」有號召力得多，所以人們也許願意買《碎》，多於一百四十字短篇。而且，政治題目如「文革」，經過微博和諧的過渡，所能留下來的東西多半是「安全的」，將來也許還可以成為劇本創作的資源。內地網民或者會覺得彭的這種嘗試很有理想性，但熟悉彭的香港人，則不免在其中看到，許多聰明的商業計算。

餘香滿口的斷章　《瑪德蓮》

另一本很有特色的網路催生作品，是臺灣女詩人楊佳嫻的斷章結集《瑪德蓮》。楊佳嫻是臺灣七十年代生的女詩人，從事現代文學研究，現於大學中文系裡任教。楊佳嫻的詩作頗有閨秀派風格，揉合楊牧式玄思冥想的語言，傾向內省自語。但她臉書上的動態，卻是大受歡迎，如果單看按讚、分享和回應的熱烈程度，《瑪德蓮》的銷量應該有保證。

無他，臉書是社交分享的平臺，個人風格、性情、遭遇才是受歡迎的保證，小社群之間的私語對話、insider joke，分外致使連繫密切，甚至令外人都生出探祕的興趣。楊佳嫻平時十分端雅，但在臉書上俏皮話極多，打趣、自嘲、顏文字、火星文，與現代主義引文、詩、古文、典故、理論語言配搭得極是流麗悅人。我一邊全力按讚，一邊鼓動她將臉書動態結集出書，終於迎來了《瑪德蓮》（下稱《瑪》）這本精緻小書。

「瑪德蓮」，其實是普魯斯特《追憶似水年華》裡面著名的小餅乾，是回憶之流啟動的魔法道具。由此可見，楊畢竟有女博士的身段，臺灣出版也更講究雕琢，不能將臉書上親密可笑有「下流」快感的動態全錄進去。《瑪》結集之後的狀態，其實有點像作家私人筆記本出版，裡面記錄的是零章斷簡的抒情寫景片段，私密情感對話的瓶中書，尤其好看的是「閱讀筆記」一般的抄寫點評。中國現代文學裡，抄文字出了名的是周作人，其風格如苦茶枯淡，一篇文章裡抄多於評，要老一輩的人才能啖出其中甘味。《瑪》比較容易入口，像焦糖草莓紅茶，甜而複雜，楊本身作為引用者的定位與口味極其特出，青年人喝著不免浪漫浮想聯翩。

比如看馬格列特的名畫《*Not To Be Reproduced*》，楊便引用余華引的波赫士，說鏡子與交媾相同，都令人口數目增加。楊又由此想到中國現代詩人廢名，廢名最喜用鏡子意象，「花是鏡花，人是淡影，世界是莊周夢蝶」，楊如此描述廢名。而楊最喜張愛玲的風格，抑揚有致：「這大抵是一個徹底逃避的人，連鏡子都不能使他面對自己。」三百來字，四個典故起承轉合舞動錯落有致，讀來餘香滿口大覺舒暢。臉書的動態的字數限制稍長，可以馳騁文筆的空間略大，對文學人來說足以點石成金。

冷冽哲學的火熱誘惑 《冷記憶》

其實在網路出現之前，遠古的哲學思考便常有斷章的形式。近代最好看的「哲學斷片」，我想莫不是尚．布希亞的五卷《冷記憶》。今日的斷章往往是因為平臺形式限制所致，但相反古代以來哲學斷片，卻代表著超越推論的自由流動、靈光飛閃的極致美麗。《冷記憶》裡面有布希亞對於當代社會的感觸思考，那種既非理性亦非感性，而是在理論的高度上鳥瞰的遊戲眼光，既是當世的，也是超越的。相較於《瑪》的文學性，它脫離現實更遠，因此靈光更為耀目、清瞿冷澈。讀者將在每一段停留得更久。像他說，「物質的至高無上性，它就建立在欲望的匱乏上，這正好與我生活中的情感消失完全吻合。沒有情感的偏心，遠離仁慈的彙編。激進的安息日形式。」在現代社會中因為過勞而連欲望都失去，唯以冷漠的心情在週日瘋狂購物，對某些人來說這完全是寫實的，乍聽起來卻這麼不可置信。

而布希亞最有趣的，就是他既以一種不帶情感的目光，卻把激情與誘惑寫得入木三分，《冷記憶》經常幾乎可稱性感：「穿衣的女人：必須觀看，但禁止撫摸；不穿衣的女人，必須撫摸，但禁止觀看。不過，這一切可能正在改變。」而早逝的布希亞有一段話竟這麼精準地描述了我們今日的微寫作時代：「寫作真正的快樂就在這種可能性中，即將一個章節犧牲在一句話裡，一整句話犧牲在一個單詞裡，即犧牲一切，以便獲得一種人為的效果，或在真空中獲得一種加速度。」

如果要我在布希亞已經實現的預言之外作些什麼補充，那就是：在光速、機械、海量、瑣碎的微寫作年代，我們正在比布希亞當日，更渴求讀到不能被簡單消化的一點什麼。關係、情感、謎題、不能概括的生活……，總之，寫作被拆到最散最碎，都無法徹底消失的，一點什麼。

漂書也要巧取豪奪?!

日前有新聞揭露，有人把漂書的書籍拿去賣，引來不滿，因為這樣的營利手段有違漂書的免費分享原意。筆者也有營辦一些漂書的活動，也想分享一下自己的經歷。

文學館在西九自由約營辦漂書的「草原圖書角」已經兩年了。文學館的同事都愛書，我做過書店對書桌面貌本有執著，西九的主事者裡也有很強的讀書人，故對漂書桌的水平也有要求。其實漂書要做得好，絕不能只把家裡不要的書拿出來，而是需要有水平的採集和策劃。我們向公眾蒐集書籍，都標明只收有質素的文史哲生活休閒類，不是什麼書都收；有時我還會向書店採購一些書籍，以保書桌水平。都是用心經營的。我自己拿去漂的書，也是文史哲長銷書，包括角田光代、《地下紐約》、《為什麼長大》等等。

而幾乎每次自由約，都可以在草原圖書角，看到一兩位「常客」，包括一位老先生、一位太子二手書店的店主（姑存厚道不開名）。他們每次都會換走相當數量的書；老先生拿來的是會計學的大工具書、課本，其實一般人不會看的，有時我忍不住說，這些是工具書，我們不要的，下次請不用拿來了。而至於二手書店的店長，也是一次來換五至十本，風捲殘雲，好書被拿走了，桌面上多了一堆殘舊、劣質的過時流行書、工具書，應是店裡賣不掉的倉底貨。同事也有說過話，但下次他還是這樣。

出於對書桌的要求，同事忍不住會馬上清理那些書，然後下次我們又要重新入一些有質素的書。那即是，我們付錢，變成他們的收入。這是漂書的本意嗎？

我想了好久要不要把這些事寫出來，理論上，他們這樣做並不犯法，漂書就是讓人免費拿書嘛。但不犯規則，也可以是不合理的，有個成語叫巧取豪奪。賣書，我們想像都是良心事業，想像從業者都有道德，想像他們不會巧取豪奪。為何要我們失望？

我一直相信，好書可以帶來好因緣好能量，讓人傾近善良。我們的漂書桌一直有客，有位先生拿很好的書來交換，他說家裡完全無位，都是每次來放下一些，才有機會去換或買新書。這種真誠的讀書人，與上述「常客」相比，教人情何以堪。漂書在外國興起時，本是免費無私的分享自己心愛的書，讓它在城市中漂流，構成一道美麗的風景。來到香港讓我們看到這樣的變質，不免教人慨嘆。希望書，能夠讓我們看到人的善良與自制。

遇上愛情的孩子

有好一陣子我懷疑除了失意的戀人及未有戀人的獨身者外，根本無人要看愛情書；我記得在書店工作時，面向最闊大的整出一個人文區的愛情書小展，鋪得大概美觀滿意之後我審視桌面，突然感到極大的空虛，瞬間有種徹悟——在情人節仍然逛書店的，只怕都是獨身；熱戀中的人們，若走進書店，就算有再貼心的策展，他們也只會相擁走過視若不見，因為他們眼裡只有彼此。

不過確實有許多寫給不同對象看的愛情書，實用性大眾心理學的工具書不談，單談比較重概念、重經典的哲學心理學理論人文書，都有不同的對象。像C・S・路易斯的《四種愛：親愛、友情、愛情、大愛》，裡面有很多話是對教會中的夫婦講的。又如哲學美學教授約翰・阿姆斯壯寫的《愛情的條件：親密關係的哲學》，也特別針對比較成熟的戀人讀者。這也許是因為，這些作者深知在熱戀中的青年們，乃是什麼話都聽不進的；這也可能是因為，無論什麼年紀都依然有可能遭遇愛情的困難。

給孩子講愛情

最近失眠，隨手撿起一本書來讀，竟是法國哲學家讓—呂克・南希（Jean-Luc Nancy）的小書《我有一點喜歡你——關於愛》，感覺很不錯。這本書很薄，是法國的一個電視節目「哲學小講座」，是大哲學家們給兒童講宗教、正義、身體、音樂等重大題目，幫助建立美好正面的價值觀——而能讀到孩子都能懂的南希，就很不錯。

「我有一點喜歡你」，是一首家喻戶曉的兒歌，唱一句撕一枚雛菊花瓣，希望落在「我熱烈地愛著你／我瘋狂地愛著你」，最後一句是「我根本不愛你」。比起來，我們同類的花瓣遊戲只有「你中意我／你唔中意我」兩句，層次比較簡單，焦點也比較放在對方身上。兒歌似乎證明了法國人對於愛的層次轉折比較複雜，也比較著重在自己的情緒變化，主體性較強。當然，我們的中學可能仍辯論「中學生應否談戀愛」的層次，像南希這樣正面地建立兒童對愛的美好面之嚮往，相比起來態度是極度開放。前提是：愛情是不可避免的，所以在遇上愛情前，就先讓孩子有正面的觀念吧。

不同流派的哲學家講愛情，常常都提到「相遇」，我想這是愛情的主要命題之一吧。解構主義的南希當然不能接受「相親式」的愛情，必須有相遇，才會滿足愛情「偶然中的必然」。愛情哲學也重視示愛，南希也說，「我愛你」是絕對的，不能量化的，拒絕進入任何交換系統中。「激情，是一種蒙受，某種東西降臨於我們，而無須行動。」南希這樣寫的時候，愛情就是一個靜止主體遭遇了某種神祕事物，而它明顯是來自外在，來自他者，因此解構主義者南希比左翼的哲學家巴迪歐（Badiou）所理解的愛情被動一點，但同樣是開放的，非自我中心的。

愛情是絕對的價值

南希的愛情是反消費主義的，他甚至認為珍貴的禮物會遮蓋愛情對象獨一無二的不可類比性。「身體」在南希的理論裡十分重要，他談愛情中身體接觸的欲望十分精采——他認為愛情中最重要是「撫摸」的手勢，這在概念上代表我們將自己投入另一個人（他者）的在場，也就是說，愛情中最重要的是他者的在場，他者的以某種方式的撫摸。當我們在這種撫摸的手勢中感到至高的完滿，證明了愛情就是他者存在於我之中，與我不可分離。柔軟的語調，他者的終極銘刻，南希是一種親密的解構主義。

愛情必須解釋其失敗。南希說，愛情往返於個人的圖像與他者的真實圖像之間，當兩種圖像不相吻合，便會出現磨難和痛苦。而在所有價格以外自建一套價值系統，愛情這樣不斷的提高要求，裡面當然有著一種瘋狂——「愛情要求對方完全的歸屬，又同時要求完全的自由。」有著自相矛盾，愛情也會導致自毀。愛情也常常失敗，同時發誓就是愛情的常態。南希引解構主義大師德里達的話說，不去信守承諾的可能性存在，所以承諾才存在。這句話，聽在失敗的戀人耳中，當如霹靂。

書後還有現場孩子們與南希的即場對話，看得令人莞爾。孩子們屬於懵懂未開，拿著聽過而未證實過的愛情概念去問大師；不過這不就是眾生之態嗎？張愛玲說，我們都是先讀了關於愛情的故事，才遇到愛情。而南希答問時依然持守哲學家的本分，他不一定直接回答問題，但他讓四周的空氣充滿希望。他說：「愛情僅僅關於一個人的絕對價值。一切的問題和困難也在於，一個人的絕對價值就是他那絕對的謎。是以，愛情充滿了風險、危險和困難，同時也充滿了美、力量和熱情。」

獨身女子的愛情書

愛情本來不是我的課題。然而我們誰又能逃得過愛情？張愛玲說：「像我們這樣生長在都市文化中的人，總是先看見海的圖畫，後看見海；先讀到愛情小說，後知道愛；我們對於生活的體驗往往是第二輪的，借助於人為的戲劇，因此在生活與生活的戲劇化之間很難劃界。」此所以我們知道愛情小說何以會大賣：它始終是人類的一個免不了的需要，可以在書中經歷未經歷過的，讀過也就是經歷過了，把那些傷痕帶在身上——而現實可能是相反的，宅女、毒女、剩女，讀過書便擁有了那些愛情故事。

時移世易，據說六〇後世代放縱任情，七〇後對愛情無幻想，八〇後愛情是多元關係，九〇後覺得愛情很麻煩。愛情是否也會褪流行？以下的書單，或可名為「獨身女子是如何煉成的」。

當愛情故事的配角

李碧華《青蛇》出版於一九八六年，改寫傳統《白蛇傳》文本，以青蛇的角度論述。青蛇與白蛇一同成長，道行五百年低於白蛇，以半丫鬟半妹妹的型態共同沾染紅塵。小青比白素貞懵懂，如同少女，本不識於人間情愛，倒與素貞的姊妹情誼裡有點同性戀的影子；但見素貞千方百計都要擄獲許仙，她在旁邊寂寞妒忌，又想品嘗凡世情欲，於是起了勾引許仙之念。如此構成三角，又遇收妖的法海和尚介入。小青以一種不受拘束的好勝之欲，在危急之際誘惑法海，亂了他的定力，起了生理反應的法海惱羞成怒要收小青——原來他想要的是許仙。小青則是大感女人的尊嚴受創，且憤怒於男性的虛偽。最後水淹金山，白蛇產子，四口六面，法海用雷峰塔壓了白蛇，小青則手起劍落了結軟弱的許仙。幾百年來，小青就在西湖，一邊等白蛇出世，一邊寫她自己的愛情故事。

這真是一個少女的成長故事，李碧華開出來的情愛與欲望之層次與型態，遠比古老的傳說豐富。從第二女主角的角度去講，一種「總是輪不到我」的心情，小青雖落得孑然一身，但她對男人與情愛比白蛇看得更透，用妖的話來說就是道行更高，用人的話來說就是更成熟。自立自強，能夠親身清除自己的欲望對象，還懂得講自己的故事更以此賺錢，這其實已是一個現代社會女性自立的範本。配角可以旁觀者清。小青怎麼說？「我一天比一天聰明了。——這真是悲哀！」

自閉者的溫柔

獨身女子必定無情？親愛的，沒那麼簡單。西西〈像我這樣一個女子〉亦是寫於八十年代，論出版比《青蛇》還要早一點，一九八四年洪範出版以此點題的短篇小說集。故事的女主角是一位死人化妝師，戀上了一位青年夏，夏要來看她工作的地方，「我」在咖啡廳中等他，心裡充滿了矛盾掙扎，怕夏像以前的男人一樣，被她的工作嚇到掉頭就跑。故事通篇以第一人稱內心獨白體寫成，迴環往復的重複著「像我這樣一個女子，原是不適合與任何人戀愛的」。這句話，不但是獨身女子的座右銘，大概也曾浮蕩在任何受困於情的女子心中。在愛情面前，人人都千瘡百孔，自卑自憐，覺得無可託信，鞭長莫及。

〈像〉簡單好讀，大學時曾作為中文系導修課文本。課上男女同學口徑一致，竟覺得女主角十分可怕，怪不得沒有人愛，「換著我都不會愛她」。我才驚覺，原來在現實社會，女性坦露自己的心情，就已經教人卻步了。但這女主角思慮過多，卻也反省到很深的地步，她突然怪責自己不應試煉愛人：因為愛與勇氣，本可以是不相干的兩回事。這難道不是體諒對方、自我反省的溫柔？一個人如果能真的認真思考自己與戀人的關係，體會對方的心情，就算是憂愁封閉，也可以是溫柔的。

我在課上幾乎是氣急敗壞地指出這點，同學都靜了，呆呆的望著我。所以，獨身女子，看來是很難讓他人認同的了。「像我這樣一個女子，原是不適合與任何人戀愛的。」始終是文藝女生共同的自許，孤標傲世偕誰隱，如果經濟能力等等狀況允許，生活好好的，實在未必要去受此一遭磨難。

禮物的邏輯

獨身女子是一個經濟問題，但它又始終不只是經濟問題。這個城市已經太常以經濟去考慮事情。謝曉虹的短篇小說集《好黑》裡有一篇〈葉子和刀的愛情〉，暴烈的魔幻寫實手法，描寫了困在庸俗愛情考慮中的一對戀人：葉子和刀。他們住在一起，生活裡充滿了愛情的表示，比如煮飯給對方吃、送各種禮物給對方——大量的禮物，要排隊輪候，花金錢時間心力取得，這些壯舉代表了付出，代表了愛情，已經蓋過愛情本身。葉子和刀已經失去超越物質和習俗來互相關懷對方的能力，無法對應對方的情緒而行動，也無法在對方身上得到自己想要的安慰。

資本主義的獲取與付出，定義了我們的愛情，這裡面還有一種競勝心理，即我要付出得比你多，讓你心存虧欠。當其中一方受傷，葉子和刀都只能透過傷害自己來作為反應，終於各自把自己的一條手臂砍下來了。小說在荒誕的高潮上一頓，魔幻寫實成為愛情的救贖：二人各自提著對方的斷臂上街去醫院，終於以對方的斷臂去撫摸對方的後臂，得到一點葉子記得的「愛情最初的感覺」。

這個小說兼揉冷酷與甜蜜，切中資本主義社會裡的愛情困境。而小說透過肢體的分離、自身的殘缺，才能達到一種些微的溫柔接觸。愛戀中的人，原也可以是極度自我中心的；那麼，獨身女子的狀況，也就反而如同與一切進行戀愛，她隨時可以把自己變成一件禮物。匱乏與完整，原也是一個銀幣的兩面，這或者是愛情最牢不可破的核心。

敗書

有個唏噓的觀察，忍在心裡大半年：如今新書、買書不大得人關注，舊書、棄書才是新聞。以前在臉書上貼買大量新書的照片，可獲很多按讚；但現在，放售書、棄書、斷捨離的照片訊息，才更顯反應熱烈。

早在兩年多前，我已目測，每年至少要捨棄一百本書，我才會感覺到生活幸福一點。這是和生活空間狀態直接相關的。但這個數量從未達標，第一年最接近是八十多本；第二年是六十多本；今年至今還不到五十本。我的生活是如何無望，我心裡是一清二楚的。

棄書實在非我所長，未看完的書即是還有用自然不該放棄；看完的書也有感情，而且看過的書才在你腦中有印象，才是真正屬於你，你才能用；至於無用的書……，作為一個資深購書人，我根本就不會買回來嘛。這樣說完自己一看，機關算盡，還是理智與情感不分。

月前曙光書店主人兼評論人馬國明馬老闆，上「文學放得開」時談過去叱咤風雲的書店歲月，大學師生求西方理論若渴的那些年，不忘點撥我一句：「曙光的書能賣，部分也因為當時時興讀文學理論。」這話中我心坎，馬老闆節目後還在臉書上補充：「八十年代初，西方的文學理論百花齊放，有人重新發現二十世紀初的俄國形式主義（Russian Formalism）或布拉格的語言學派（Prague Linguistic School）；Louis Althusser將文學理論從機械式的上層建築釋放後，啟發了連串分析特定的社會生產如何生產了文學效果（literary effects）的文學理論。Roland Barthes的著作本身便可視作文學理論，但他那本分析巴爾扎克的一篇短篇小說的著作《S/Z》，令讀者嘗到文學理論不一定枯燥乏味。總之在『曙光』成立時，除了一批思想巨人和學術名人外，還有突然綻放異彩的文學理論，當時連個別就讀中文系的研究生亦被西方的文學理論吸引；『曙光』成立時單是要緊貼當時的學風已消耗全部的精力；不過這一點亦為『曙光』奠定良好的基礎。」咦，雖然和馬老闆結交不深，但他已經一眼看穿我所屬的顧客類型——因為好看文學理論、並因避免枯燥乏味而導致購書不知節制的那一型。

書有流動與凝固兩個相反質性。書必須流動、售買，才可以推動有新書出版；另一方面，文史哲的經典好書，本質就傾向凝固在架上。捫心自問，我是喜歡流水不腐，會為流動量而見獵心喜；但天性戀舊，棄書在我心中還是霍然而驚的舉動。比如這次文學館收書，司徒薇因學佛而捨一萬書（我們只收了部分），周思中要搬家而捨二百多冊書，我收回來，從書的種類中看到相同的生命軌跡，竟生出棄書等於放棄共同道路的幻覺，癡毒也太重。還是把這看作零售賺錢事，30/9、1/10、2/10，在文學館，把這次集回來質量超好的舊書全部賣掉，本來無一物，何處惹塵埃。

書作為高遠超越的意志之顯現，輸給《斷捨離》之類的生活類整理學觀念，不是不諷刺的。我心情矛盾，也不易屈服。一邊策劃短期賣書，一邊是十月六日開始在「油街實現」中舉行我策展的「只是看書」，韓麗珠、謝曉虹、俞若玫、盧樂謙、何倩彤五本新著，只供現場借閱，不作售賣。

書中見本土

每年七月是書的季節，香港書展又將吸引大量人流，把一些重要作者和文化現象帶入公眾的視界。在一切電子化和虛擬化的今日，人們對書，好像比以往更著緊。從書的出版狀況，可以觀察到一時一地的社會與文化現象，這裡選數點分享。

香港的出版業近幾年本有勃興現象，在本土化浪潮及熾熱的社會氣氛帶動之下，不少有分量的香港書籍出版。值得注意的是，近一兩年的香港文學書籍，也有突出表現。讓我們先觀察一下香港書獎的決審及得獎名單。在進入決審的二十本書籍名單中，竟有泰半是香港文學書籍，以資深作家為多，最終獲獎者亦有六本，分別是《也斯的五〇年代》、小思《翠拂行人首》、陳智德《地文誌》、潘國靈《靜人活物》、劉禾《六個字母的解法》、李維怡《短衣夜行記》（李歐梵、陳國球、蔡炎培、廖偉棠等幾位高人作滄海遺珠）。梅樹綻花，芳草萋萋，身高文學人，對此感到欣慰。

文學的復甦不是平白得來，據說在幾年前的出版寒冬，文學書的出版倒還沒有斷過，其一原因是香港藝術發展局支持了不少嚴肅文學書的出版，包括一些年輕作者。正如素葉出版社的許迪鏘先生指出，香港出版的最低門檻仍然是低絕全球，與二十年前升幅並不大，很容易就可以出版一本書。所以文學書在寒冬期，將作者稿費、編輯費、設計費全部壓縮，倒還是能夠開機印書的。還有董啟章這樣逆市寫長篇的。捱過慘淡的寒冬，文學逐漸累積了聲勢；這幾年也等到有重量級的作品，今年書展就有鍾曉陽、黃碧雲、鍾玲玲出版新作。

在世界的閱讀市場裡，面對電子化，首先受創的總是無功利無即時效應的文學作品，香港這種等過了一整個冰河期再復甦的，也可能是因緣際會而已。去年進決選的藝術類書籍就比較多，有電影、粵劇及梁寶山《活在平常》等。可是今年則少得多了，也許在出版方面也有困難吧。

香港書獎這兩年的文學書單，其實視野與驚喜猶勝於去年揭曉的文學雙年獎，更能顯出本土文學的發展與轉化。不過香港書獎的得獎名單也不是一直有看頭，我記得有一年得獎的是《紅樓夢》，簡直是在自己額頭鑿上「脫節」二字。後來慢慢好起來，似乎可以折射出香港一年的出版及書市風貌。比如上屆，有幾本香港史地的書得獎（《薄扶林村》、《六七暴動》、《那似曾相識的七十年代》等），這確是香港出版界在本土浪潮中交出來的功課。進入非虛構的年代，人文書籍更易暢銷，今年書獎中得獎的《重慶大厦——世界中心的貧民窟》及《死在香港．流眼淚》，都是年度超級暢銷書，角度獨特之餘亦有本土色彩，這樣的書在香港暢銷起來，足以讓香港驕傲。在十一本得獎書籍中，張帝莊的《一本讀通世界歷史》，面貌與別不同。張氏是資深記者傳媒人，這本給兒童看的世界史，結構有心思，再找來有心插畫，最後變成大眾書籍向一般市民推廣知識，大概就是香港書籍出版顯示其專業操作面向的能力。普及書籍之出版，往往最見到整個出版業的底氣與運作是否成熟，所以這本書得獎，應該可以對香港出版業作出鼓勵與肯定。

今年香港本土聲音激烈而甚囂塵上，上屆香港書獎的得獎書籍，本土傾向極其明顯，只有《雙城辭典》一本是臺灣出版，但內容仍是書寫我城的本土文學。今年的本土關懷仍在，《重慶大廈》、《死在香港》、《安裕周記》、《也斯的五〇年代》、《地文誌》、《短衣夜行記》，均勾出了本土的不同面向，後兩本尤其有反抗的性質。還有兩本書進入決選但未能獲獎的《被遺忘的歷史建築——港島九龍篇》及《郵票中的香港史》，也繼續反映香港史地在本土出版業有著聲勢和市場。今年的決選書單全部均是本土出版的書，不過今年的得獎書單中，《女性，戰爭與回憶：三十五位重慶婦女的抗戰講述》以及未能得獎的《鏡頭下的真相：記中國愛滋病實況》，都在歷史和當下現實兩方面，重新把香港和中國掛鉤。這並不是說香港就等於中國，相反是顯示出香港與中國的差異，包括可以從個人角度去真實記錄歷史和批評現況的，自由。

書店疲弱，又受政治壓力，「本土」一詞或者已經引起敏感神經，有銷量的禁書之出版商回深圳被拘捕。書作為人類思想、情意、自由的彰顯，愈來愈困難。但，書不會放棄。

回到書本身——來看書籍設計

影像社會、書籍電子化、網路盛行，出版業的生意受到衝擊，近年許多人都懷疑印刷媒體快要滅亡，甚至書也快要消失。然而從另一角度看，正如著名學者艾可在《別想擺脫書》中指出的，受到電子書的衝擊，「書」並非宣稱敗退，反而是「回到書本身」去思考自身，即反過來重新發現書作為一種物質存在，它的物質性，例如紙張、顏色、字體、厚度等設計元素，如何在讀者的身體上發生作用——「看書」這個行為的速度、感官感受、精神消耗等等身體反應，如何影響閱讀的效果。樂觀點看，與其說「書」正在敗亡、消失，不如看看港臺以至世界各地湧起的書本設計熱，多少歷史的寶藏與年輕的熱情，正在湧起。

筆者近年主持閱讀工作坊，總會把書本實物帶給參與者傳閱，讓他們感受一下「閱讀」是怎樣一回事，在手中翻閱書本，與在手提電話及電腦上閱讀，是多麼不同的一回事，會有怎樣的樂趣。在這裡談幾個本地書本設計的例子，去看看書籍設計的懷舊與創新，動力何在、何往。

故書新衣　細膩感受

梁秉鈞的《雷聲與蟬鳴》是本土詩歌的重要著作，開啟了香港詩歌平淡、冷靜、踏實、反高蹈、不美化的風格。這本出版於一九七八年的詩集，近月出版了復刻版，非常精緻淡雅。白色書封面上有黑色淡墨雕刻字體的書名及裝飾符號，像傳統印章，低調地暗示了此書的經典性。近乎雞皮紙般脆薄的白紙，時可見到細長的字體透紙而過，有個淺淡的影子，這種淡淡而若有所示的效果，與詩歌的風格很配合。而書邊黑色「出血」，緊封時會見到漆黑穠稠的書邊，與素淡的封面及書頁又構成張力，呼應「雷聲」與「蟬鳴」的對比張力，做得既低調又高貴，不但令人想收藏，更讓人心生珍惜之感。

一如香港要尋找主體性、身分意識，必要發掘香港歷史；當「書」受到新技術的衝擊，而要尋找自己的價值、「回到自身」，也會出現懷舊、尊崇歷史的取向。近年的香港古書展，也是傳媒追捧的熱話，也會吸引兩岸三地的文化人專程來港「朝聖」。陳智德是本土的文學史研究者，他之前的《愔齋讀書錄》的設計已經有四、五十年代舊書的風味，後來的《抗世詩話》在設計上，再進一層。在今日看來，《抗世詩話》這書名本有嚇人的高傲口氣，但一掌可握的小小書本非常柔軟，封面淡藍的底色把朱紅的書名襯托得鮮艷精神，加上舊式飛機頗有玩具的味道，整本書就有了一種歷練過後的天真、不失幽默的尖銳。

邵家臻的青年問題論集《嚫》的設計同樣有趣。「嚫」字設計有懷舊的時尚感，而無論是粉紅還是鮮藍封面上，都有一個少女頭像，燙金但一點不驕奢，反而有點像張愛玲的版畫，樸素、有複雜的暗示。內文是長篇萬字文章，但書做成迷你字典大小，既不輕浮，又有日記本的私密感。「嚫」本指當下新生的青年現象，但設計卻走懷舊路子，內容與設計經常出現矛盾張力，但年輕讀者卻可能受落那種奇異的時尚感。

年輕設計摸索時尚

話說回來，《雷聲與蟬鳴》復刻版的設計由智海負責，《抗世詩話》及《嚫》的設計師是黎清妍，這些都是本身進行藝術創作的自由設計業者，同時非常年輕。所以整個書籍設計的懷舊風中，年輕的創意工作者是有以自己的眼光去與傳統對話的。其中一本出色之作是黃漢立所著的《易經講堂》，此書已經獲得了不少設計獎項，而其設計者胡卓斌也是非常年輕的。設計者曾向我表示，他本身搞不懂易經，又銳意要設計一本與眾不同的易經書。封面是放大易經的爻，褐黃相間，簡潔而搶眼，既有典重感，又奇異地令人想起經典常青的agnés b. 橫間條長袖衫。這種年輕人摸索傳統的成品，頗令人感動於創意之新鮮與精到。

這裡也說個反面例子。以筆者個人來說，鄧小宇以錢瑪莉為筆名的八〇年代本土流行經典《穿Kenzo的女人》再結集，其設計就讓筆者很感納悶。書做成牛津大辭典般的A5精裝大開倒，封面以數種不同字體營造Pop Art風格，書中插畫還是八〇年代商品畫風格的紅唇香檳手袋，流行時尚商品的感覺卻做得過態，那種經典高雅的味道有種錯置感。錢瑪莉行文蹦跳而出的一針見血、刻薄與同情，和乾淨雅潔的版面設計甚不相配。其實書中馬家輝有篇非常好的序言，說明了錢瑪莉的年代是個怎樣的時代，並勾出了鄧小宇以至《號外》的匠心：既了解商品社會中人的刻薄、拜金與精英，卻也能寫出其糾結、自慚與矛盾。錢瑪莉表面的風光尖刻，是有一層反諷自嘲的深刻為底子。這種書，以前做成口袋書形式會是手提包裡小小的罪惡快感、精緻世故，但以當今高貴得浮誇的「名牌」樣式來包裝，卻會顯得淺薄和自以為是。陳冠中、鄧小宇等人鼓吹的坎普（camp）、垃圾（trash）、刻奇（kitsch），好像不是這個樣子的？那個扮成名牌紙袋的紫黑橫間硬卡紙盒（紀念版），更讓筆者有點倒胃口。我想起有位中產精英曾向我慨嘆：以前香港是可以用很cheap的價錢買到好野，現在卻只能用很貴的價錢買到cheap野。

本地近年有許多教年輕人製作書籍的課程、工作坊，兼之手作、獨一無二的追求在本土創意階層中愈加普遍，許多年輕人都有自己動手做一本書的工藝經驗。關於書籍設計的講座，座上都是年輕人，而且談起設計就停不了。相較兩岸三地的市場大小、文化根基，香港的出版業是有點難以突圍的感覺，但創意階層的土壤確實不斷優化，希望這會打開新局面。

如果遇見死亡

無人可以迴避死亡這大課題，它屬於永恆的「已知的未知」，我們已經知道，對於它我們無法徹底了解，但又總是不禁去追問，或對之投去情感糾葛綿綿之眼光。中國人常說「未知生焉知死」，又因民間吉凶避諱而少談死；就其文化結構而言，中國傳統文化，是以人間的結構去理解死後或神仙世界，兩個世界並不全然在邏輯上對立，亦不隔絕。西方則視生死為對立觀念，許多哲人、文學家、藝術家都從「死亡是生命的終結」開始反思人生的意義，以求在生命結束前做些什麼。而現實的人，都需要面對死亡、處理死亡，無法迴避。

信念的堅強與脆弱

月前讀到克里斯多弗·希鈞斯的遺著《生命就是堅持信念，走到最終》（*Mortality*），才知道這位尖銳大膽、不可一世的英國公共知識分子、著名的反對者，已經因為癌症而過世。希鈞斯是美籍英國專欄作家、知名記者、評論家，曾獲美國《外交政策》和英國《遠景》雜誌遴選為「百大公共知識分子」。曾擔任英國《泰晤士報》書評、《泰晤士高等教育增刊》社會科學編輯，後更在無數重要報章雜誌期刊中任編輯或撰專欄，曾於世界五大洲六十個以上國家發稿撰文。希鈞斯著作逾二十本，包括：《給青年反對者的信》（*Letters to a Young Contrarian*）、《沒人好騙了：最糟家庭的價值》（*No One Left to Lie To: The Values of the Worst Family*）、《為何歐威爾很重要》（*Why Orwell Matters*）、《上帝沒什麼了不起》（*God Is Not Great: How Religion Poisons Everything*）等。《上帝沒什麼了不起》曾獲得英國科普書獎與萊南文學獎，並入圍二〇〇七年美國國家書卷獎非文學類決選名單。

以上書目就可鉤勒出希鈞斯的大膽：他堅持挑戰許多人深信的觀念如家庭、宗教，主張力排眾議要做政治上（及思想上）的反對者；其演講據說十分精采，極其尖銳幽默——而他正是在一次簽書演講之前，知道自己得了癌症。十七個月後便過世。驕傲狂妄如希鈞斯，需要直面一般人的難題：面對死亡的不甘、多愁善感與自憐，他選擇連自己也嘲諷：「對於『為什麼是我？』這個蠢問題，宇宙連『為什麼不是？』這樣的回答都懶得給。」

絕症病人面對著自我的疏離，即病症（及死亡）逐漸把他變成另一個人：藥物，治療，痛楚，反胃，嘔吐——希鈞斯一邊記錄著身體的變化，一邊記錄著心態的變化：他會前所未有地想望僥倖，又厭煩於各處不斷提供藥方，更煩的是不得不面對：無數新藥在研發，也許真可以救他，只是他沒有時間了……，驕傲狂妄如希鈞斯，也不得不說：「不是我在對抗癌症，是它在對付我。」「我不是擁有一副軀體，我就是一副軀體。」軀體相對於精神，對一個知識分子而言，有什麼比發現頭腦並不重要更難過？

希鈞斯藉文學與哲學救治自己。堅持信念、不讓死亡把自己迫出原則的底線，是他對抗死亡的方式。當病情令他失去原有的聲線，他大量引述關於「聲音」的詩歌，總結道：「我想要回什麼？把我們語言中最簡單的名詞以最美麗的方式擺在一起：言論自由。」本書最末未完成的部分是筆記碎語，已經不能成篇，但希鈞斯到最後都堅持做一個無神論者：「如果我皈依宗教，是因為死一個信教的人比死一個無神論者好。」真是很嚴苛，很執著，跟自己過不去——但希鈞斯到最後，也希望捍衛自己的驕傲與狂妄。

現實可有安慰

今夏出版，陳曉蕾的《死在香港》一套兩冊，極獲注意。陳曉蕾已經走出一條以紀實報導來打動市場兼改善現況的路子，以前的環保、土地題材，都有推動社會的改善，尤其《剩食》一書對於剩餘食物回收，在這幾年功效顯著。《死在香港》「見棺材」一卷探討殯儀業現況，指出香港行業缺乏監管，以臺灣「產業—官方—學院」三管齊下推動行業發展的例子作對比，也鼓勵個人化的告別式，探討環保及真正具安慰功能的喪禮形式，並附相當有參考價值的業內狀況及各式訪問，也有實用資料。「流眼淚」一卷則訪問許多臨終者及喪親家屬，也伴以相關社會組織的探訪，披露許多傷痛。全書以很平實的筆調寫成，記下那些傷痛的關鍵句子，但讀者不覺得被同樣刺傷，反而覺得彷彿還有出路。用這種不太難、有方法的路子，把生者拉回現實脈絡，現實還是流動可變的。

《死在香港》設計素淡而用心，比如請不少人士拍攝背面（「身後事」的概念），但隨意而有生機的姿態，令書的感觸溫暖。書中亦有牛油紙的間頁，簡潔安定的句子在數頁中掩映而見，也讓書有和緩平穩的呼吸。死亡需要一點點美術設計，以開啟必要的迴路，無論是要遮掩或彰顯真實。想起《死前活一次》這本書，拍攝死者生前與斷氣後的面容，冷峻卻也讓人平靜。

了解死亡，在程序和儀式裡，於哲學與文學中，安頓自身，通過獲得意義來作為治療，讓自我與萬物，回歸存有之前的平靜。

語言的極限與世界的無窮

老艾可已經八十歲。從符號學理論退下來，玩兒過報章幽默評論，小說沒放棄，但最大的資產還是他的博學，上古歷史文學藝術信手拈來，以前呈現為文章裡遍布閃爍的典故，在與文化脈絡斷裂的年代典故本身變為焦點，我覺得比《倒退的年代》裡骨火味太重的時事批評文章令人愜意得多。

看《無盡的名單》時很容易想起艾可一個令人發噱的經典弔詭：「繪製一幅一比一的帝國地圖是否可能」——地圖如果一比一就完全失去了其實際功能，只是行家、知識分子都難免有一種「窮盡的欲望」，想把萬物都涵括在自己的符號表述系統裡——看他正經八百地分析「一比一的地圖可以放在哪裡」之類的荒誕問題，半夜真是會笑到吵醒鄰居。

今次是名單。地圖、名單、索引，這些東西外人看來沉悶而只具工具性，但艾可就是有能力把它們隱藏的魅力蒸騰顯現——萬物的名字，從分類的雛型到分類的極限，世界的現形直至其無限——只要完整摘錄其中任一名單，都可以窮盡本文的字數限制。

名單一開始是一種啟蒙。在世界初開的時候，人們想記錄他所見的萬事萬物，命名，描述，條列，整理，分類。在這個過程中有人開始入迷，那像是一種純粹的魅力，個人的取向默默的成形，啊你看不止神祇、動物、植物、英雄有長長的名單在神話、歷史故事和辭典裡，連神蹟、妖怪、盜賊甚至乳房都有……，奇異的多樣之極大化。荷馬的吟遊詩裡，特洛伊的諸英雄乘著多色的船渡海而來，是一種古典之風；但過度但連貫的描述，對於現代主義及都市文學來說，卻是一種時代的特徵。到安迪．沃荷的一式一樣康寶湯，豈非名單的一種自我推翻？

藝術是碰觸極限的，但名單好像不會有極限。名單像是一個漩渦，它有自生的魅力。羅蘭．巴特的〈我喜歡，我不喜歡〉，個人意味之強，極像辛波絲卡的〈種種可能〉，而它們在結構上完全一樣，內容卻完全不同，足證世界放大到纖毫畢現時，必然是細節無窮。於是在名單中，語言在極限伸張的同時，卻最容易讓人感到語言的極限已在眼前。

愛好文學閱讀的人，往往在名單裡看到很強烈的裝飾性。寫詩的人都知道，名詞，就是意象。你說，黃金，就有了光和重量；說鼠尾草，就不但有了毛茸茸的香草，還有了鼠的窸窸窣窣忽與隱祕。艾可深知其中之妙。「枚舉性的修辭」，並且，如果我們具備趣味的眼光和耐性，便可把一張完全實用性的名單，讀成詩性的名單。書中摘引兩篇連禱文，毫不重複的數十個聖母之名和近百諸天使之名，以及重複的「請為我們祈禱」，便知，所謂救贖之形式，乃是，由名字的單純，及數量累積而來的，壓倒性的力量。

《無盡的名單》照現的，是知識與夢的一體兩面，藝術與資料的共性。就其根本而言，它告訴我們，在觸手能及的世界之外，還有另一世界，甚至，無數世界。在日益封閉的現實世界裡，開啟一個更為封閉的世界，有時簡直就是救贖。是的，書與藝術，不是俗世的點綴，而是救贖。

百科全書的瑰麗世界

什麼都知道的人稱為智者，或者百科全書。為家裡訂購一套百科全書，曾是高中產人士的身分證明。歷史上曾有多個高舉百科全書的時代，香港最近的可能是九十年代，許多讀書人都崇敬百科全書式人物，小說都像百科全書。我曾經摸到這個時代的尾巴，知道那種知識的美好與快感，有一個幾乎完全符合這個實存世界但又比這個實存世界更豐盛的世界，在眼前緩緩攤展，你寧可住進去，永遠不出來。

今年二月逝世的義大利作家、理論家、學者、評論人安伯托．艾可，就是我心目中其中一個百科全書式的人物。他的小說《玫瑰的名字》，內藏大量歷史、宗教、語言學、文學、藝術等等的典故，是九十年代文學界崇拜的經典。晚年的《無盡的名單》，探討「名單」、「枚舉」、「目錄」之類的形式，以歷代藝術品及文學作品切入，把純粹陳列名詞的「名單」形式寫得趣味饒然，也就是百科全書迷宮式的世界，背後就是深知百科全書那種包納一切的欲望——可能是人類最高級的欲望之一。艾可引用柏內提（Dom Pernety）的著作，如何狂熱地列舉煉金術士描寫「第一物質」的用語，形容這種「難以自休、不知節制」之中有著一種「『文學』性的、誇張的快感」，「由於過度豐富而變得不切實際」，艾可比之於「意識流」、「內心獨白」式的現代主義文學手法。他真的深知，在表面客觀實用的名單背後，根本是人類的無盡欲望，以一種全然冷靜抽離的方式去表現其自我中心，因為層次複雜而迷人。

艾可的逝世其實讓我心情鬱悶好一段時間——我知道百科全書的時代可能過去了，現在可能變成即食 news feed 的年代，以及無知反而擁有發言權的年代，「不懂」有光環。香港也有百科全書式人物，不過他們也不像以前那樣受歡迎了，不少人沉寂了。其中一位沉靜了一陣子的百科全書式香港作家，葉輝，今年推出散文結集《幽明書簡》，翻著時心裡一陣興奮，因為又在一篇文章裡見到無數漫衍出去的事物、電影及書單，那應該就是百科全書的興奮——葉輝一本書裡提到的東西，可能就夠一般人下半世玩味的。

書是知識的寶庫。人可能受時機的引動而特別想取得某些知識，老一輩的人遇到什麼問題，首先是往書店跑，在書裡尋求解答。現在我們都是上網的，在短小精悍的維基百科式地方入門，技術性問題如怎樣清潔床褥、怎樣洗掉杯子上的水垢、腸胃不好該吃什麼，以前是書，再來是報紙，後來有曾sir，現在會感謝

YOUTUBE。知識愈來愈便利。但我始終相信，知識是需要貯存的，必須在還不知何時需要它時就開始貯存。

葉輝的迷宮

葉輝是文壇長輩，長輩談掌故自然是有趣味，比如書中有一篇〈徐柳仙傳〉，從午後聽到〈再折長亭柳〉的歌聲開始寫，寫徐柳仙五歲登臺而紅的傳奇、「柳仙腔」等等，考證曲詞中的「勞燕」，提到〈再折長亭柳〉的撰詞人吳一嘯時，更補上一句「從前董驃講馬，也一再述及吳一嘯的大名」。真是有趣，也教人黯然：徐柳仙、吳一嘯、董驃都不在了，若無葉輝這樣記心好的「耳證人」提起，我們後輩哪得知道這因緣？哪得想像到一個講馬也懂詞曲的多元舊日？那時名畫家鄧芬疏狂任性，人稱「癲仔芬」，原來舊日也有現代規條所不能容納的狂放。跟著葉輝的路徑走，就陷入無限美麗的迷宮。據說葉輝本人也很常沉迷於事物，更寫過一首詩〈我們活在迷宮般的大世界〉。

而葉輝又深好現代之物，像寫都市的標誌物件〈霓虹〉，由科學原理、文學記錄、繪畫藝術、電影、歌詞等一一寫下來，真是百花紛繁的文章，裡面有一股沖虛之氣，哀嘆霓虹的消失而比之於「夢境遺忘」，甚有風度，不以舊非今。葉輝作為長輩，眼光開放，口味多元，有他在的文壇，交流更多，驚喜更多。

葉輝其實對新鮮及尖銳的事物，極之敏感甚為珍惜——書中〈詩祭邱剛健〉一文悼念著名編劇邱剛健，就是細讀邱氏那極為前衛、奇妙尖銳到幾乎不容分析的詩，將之細細鑲成螺鈿畫。末了說「這是一個容不下詩的年代，在最後的日子裡，你記得也好，最好你忘掉」，亦以遺忘為總結。

遺忘的對話

一再提及遺忘，也許其實有遺憾，說忘了，其實是忘不了，裡面可能有哀傷與憂鬱。書中首六篇文章都是寫給葉輝友人、香港作家也斯的《幽明書簡》，對逝者仍採對話體、書信體，其中的憂傷就滿溢出來。也許是回憶太多難以負載，才有了「遺忘」的一再提醒；而書寫就是遺忘與對抗遺忘、無法遺忘的表現。也斯曾是香港主力提倡「對話」精神的人。

而對話是什麼呢，曾與一位稍長年歲的人爭論，我不滿對方回應時漫無邊際沒有對話，對方反駁道，你以為對話就是你說什麼人家就要回應一些你覺得有關的東西嗎？我後來想想，這也許真是「對話一代」曾經的共識：對話是蔓延開去的，不能限定路線。葉輝的書信體是獨樹一幟的，他常常漫無邊際地談，遠離一開始的起點，而始終維持一種既遠又近的密語氣氛。對話首先是一種無論如何不排斥的開放之心。

葉輝的迷宮，至少需要一個起點或入口；傷逝，失去對話的對象以至社群，也許是作者沉寂的原因。如此便是我們這個喧囂而讓人氣悶的時代。讓人稍感寬慰的是，與葉輝《幽明書簡》同系列的兩本書，石磊《*Stranger/Foreigner*》、方太初《另一處所在》，其沖虛與妙著紛呈，都繼承了葉輝的百科全書一脈功夫。隔代的對話，或者可以讓我們重尋社群與世界。

書，流離失所

關於書的事，總是自討苦吃的。我算是靠書吃飯的文人，家裡積書甚多，十一個大小書櫃，地上堆著的還有四、五百本。網路時代之後，書是實體與虛擬之間的爭持，在地價飆升的手機時代，更特別彰顯空間的微縮政治。書是意念、情感與想像，指向行動，保存與創造。閱讀經驗構成自我，指向集體與公共。本次策展意念背後有時代的影響：在香港，原非所有家庭都能擁有一個書櫃；愛書人賺錢速度比不上買書的速度，藏書佔據家中所有空間。書的抽象意志，與現實空間條件，兩者呈緊張關係。

前兩年，文化話題是如何護衛書；而這年多以來，我發現，新書、「買書」已很難激起人們的興奮，反而是舊書、「棄書」，才是多人轉載的新聞。臉書上，放售舊書的照片漸已壓過購書炫耀的照片；有志者如何在堆填區中搶救許多書籍然後開辦二手書店；書展中某些出版社在展後不負責任地大規模棄書；最近連公共圖書館每年的棄書也成新聞。書店之議題，亦部分由廣闊的文化產業現象，變成環保與社區議題；而書店業中有一大分支，就由出版業的下游，轉變為回收業的下游。在「斷捨離」思維影響下，這年頭，彷彿棄書才是時髦的。

思考書與空間的關係，顯得比往時更加迫切。於是當年前油街實現的「火花！」計畫邀請我任客席策展人，便自然想做一個關於書的展覽，並與空間相關，名為「只是看書」，於十月六日開始在油街實現展覽。面對著家裡的書，想著想著，便決定以「家」為主題來策劃。「只是看書」邀請五位作者韓麗珠、謝曉虹、俞若玫、盧樂謙、何倩彤，以「家」為主題，各自創作一本書籍。由作家和藝術家去思考，「家」就不止於現象、經驗，而進入概念的層次，五本作品最後還是以五種方向去思考何謂「家」。畢竟書不同於一般商品，其內容的意義重於外觀的型態甚多。

已經接近完成，五本書籍各有面向：韓麗珠的散文集《回家》，從內心、私家到回應城市與時代，其中「家」既是實指的特有私密空間，亦延伸至對「在地」的牽繫。謝曉虹《童話兩則》則反思家族、血緣、家庭、宿命等概念，其中有人類古老的命運回聲，也有當代疏離人際的諷喻，家庭的疏離與緊縛，許是一體兩面。俞若玫《不安於室》以五種材質指向五種處境，五篇小說以動寫靜，側面映照出

「家」與「流離」的弔詭結合。盧樂謙是社區藝術的策展人及藝術家，其《*Mind Map*》記載著諸種對「社區」的思考與實踐——而社區，往往需要建基於某種類似「家」的歸屬感，盧氏的建設與質問，深入香港本土的核心悖論。何倩彤的《也許明天他們會為我們死》，以極端的執著高舉了書作為「精神家園」的一面：紀念在虛構世界中死去的人物，讓不存在的靈魂有安息的處所，或亦安頓自我的心靈。

五位作者構成一個由具體至抽象的光譜，當然每人亦有一個自己的建構與解構之辯證動力；「家」在此不是固守原始血緣的領地，反而充滿了流動與跨越，指向自我的無止境探尋。這，或者是我們所比較願意認同的「家」之質性。書與人，在這個時代，都流離失所。

「只是看書」的展覽形式，則從另一方向去探索書與空間的關係。「只是看書」有個口號：「一冊一室，一期一書」。展覽形式乃受日本銀座森岡書店之「一冊一室」模式啟發。「一冊一室」是指書店內只會集中銷售一本書，輔以室內展覽等等作為推動，每週更新。這也許是後消費時期的一條文藝路徑：集中焦點，全面展開，反能更好地照顧書這種具內容厚度的事物。「只是看書」也將展覽分五個時期，每段時間展室內以視覺藝術形式，集中展示一本書的內容與延伸。比如現在，正在各個地點徵收「無家的鑰匙」，請市民提供已經無用的舊鑰匙，以助製作與俞若玫《不安於室》相關的藝術品。這個展覽，對觀眾的要求是高的：他們可能需要多次來到現場；場中並設有回應室，邀請觀眾手寫感想，回應作品。

「只是看書」一冊一室、一期一書，等於做五次展覽，有點任性。需要換展五次，據說在香港博物館界絕無僅有。確實辛苦了油街實現團隊的支持與配合，雖然場地總有自己的掣肘，但非常享受我們共同解決問題的時刻。當文學需要展示時，就需要其他媒介的配合，本次展覽中多有純文學作者，因此展場及展品的設計與製作，有賴於設計師利敏的藝術判斷與無盡付出。中間的行政工作，我一個人是做不來的，全仗有為青年填詞人的王樂儀襄助。愈好的書，愈是無底深潭，放不開，也無法壓縮，但願社會還有容納它們的空間。

街道是我們的立足點

我們天天走過的街道，平凡或著名，都可以是神聖的。問題在於我們怎樣看待它們——這也關乎我們怎樣看待自己。

街道是構成一個城市的命脈，也是城市面貌最日常多元的顯現方式。由人文地理學者朵琳・瑪西、約翰・艾倫、史提夫・派爾所編著的《城市世界》（*CITY WORLD*），是一本地理教科書，在理論之外，加入許多文學與藝術文本，趣味無窮。書中指出，城市包含豐富的節奏、感受的密集狀態、萬般的情境、匯聚一地的種種可能性。不同世界會在城市裡交錯重疊，一些移動和關係顯現，另一些則掩藏或模糊。當我們著眼於多元性，我們便可看到許多細節，流動的事物，或許是非法但卻共同構成城市特質的人類行為。多元的眼睛，敏感的心靈，對熟悉者有情，對陌生者開放，就可以寫出像美國作家童妮・摩里森（Toni Morrsion）筆下的《哈林春曉》那樣吸引人而令人動情的日常街道景色。

街道如何變成自己的地方

町村敬志、西澤晃彥所著的《都市社會學》提出，我們踏足或居住於都市，仍有看見與看不見之別。這是和人的情感與認識有關。書中指，第一次接觸不熟悉的街道，「我們的視線必然會不安地四處游移。離開這條街道後，記憶中應該只會殘留一些混雜的片斷式印象。走訪多次後，雖然物理現象未必有太多變化，但我們看到的卻已然大不相同。我們的腦袋會開始記得一些地標，視線也能夠停留多一點時間。整個景象帶著一定的秩序，呈現在我們面前。我們也是透過自己的日常體驗才獲得都市空間的意義。」

人文地理學的學者們認為，「空間」（space）只是人們日常的生活座標，而當人將意義投注於局部空間，然後以某種形式依附其上，「空間」就轉變為「地方」（place）。明顯地，這是一種觀看、認識和理解世界的方式，我們將由這種方式看到不同事物，包括人與地方之間的情感依附和關連。「地方」是我們使世界變得有意義，以及我們經驗世界的方式。在香港保育運動興起時，《地方：記憶、想像與認同》一書的翻譯與出版，委實對於社會變革作出了推動。

香港常被認為是以難民社會為基礎，人們抱著過客心態，而都市景觀也頻繁改變，往往人們是到街道景物消失了，才明白自己原來對之抱有情感，戀戀不捨。由上海南來的香港作家劉以鬯的小說《對倒》，是香港城市書寫的一個重要作品，但以兩個主角淳于白及阿杏之視角所投射出來的整體質感來說，小說對香港這城市有相當認識，能夠揭露城市的性格，但論情感與意義，卻尚在將生未生之際，態度微妙，而「地方」情感似乎尚未產生。

以人為本的獨特視角

香港民間學者馬國明之重要著作《路邊政治經濟學》寫於一九九八年，於二〇〇九年擴充再版，馬國明是香港最著力於思考「街道」的人之一。馬國明提出，街道是香港彌足珍貴的公共空間，所謂「路在口邊」，人與人在街頭接觸，而街頭也是示威與抗議的公共空間。馬國明對於本土的熱情，是非常以人為本的，絕大部分時間是以邊緣族群的視角出發，例如他多番將街頭流動小販視為本土的特色景觀，捍衛小販的位置；他寫灣仔譚臣道，亦特別從露宿者的角度出發，稱平平無奇的譚臣道，實質可以完整提供露宿者的一日所需，饒為神奇而有情。而〈荃灣的童年〉一文，則以個人角度，記錄昔日工業小鎮與鄉村特色交錯的荃灣街頭，完全是一張個人的地圖。馬國明著筆的，都是流動的街頭特色，其中作者為庶民充權作傳的意志，鑠鑠可見。

以關懷本土著名的學者作家小思，也曾以「行街」為題寫過多篇文章，收錄在近年結集的《翠拂行人首》中，尤其以灣仔為她心心所繫之處。小思似乎永遠看得見我們所看不見的香港。她一走到灣仔軒尼詩道，目光就自動尋找自己認得的老鋪，而一切似乎蕩然無存——一九七七年，她就已敏感於城市的變遷，認定懷舊應是「一種追溯本源的沉厚感情的重現」，覺得把懷舊當潮流是侮蔑了感情本身。小思的著筆，特有「內行人」氣質——可說是一位「行街」的「行家」。小思的地標是獨家的，一九九四年寫的〈行街——組畫〉二篇，她走的中上環，就是那麼豐富，街市擺檔與藝術痕跡並存，隨口指點。以人文地理學的角度說，這種對街道「地方」熟極而流如數家珍，就是對地理空間之認識，已到達有了個人化的一套秩序之程度。

反抗符號　自鑄性格

香港作家寫地方街道，往往不肯屈從於旅遊業的刻板印象，像也斯寫深水埗的花布街、鴨寮街，寫街景的特色細緻、取鏡流麗之餘，也堅持思考香港特質，反抗著強加於身的「東方之珠」符號。另一位寫香港街道很出色的作家是胡燕青，她的《更暖的地方》中有不少香港的著名街道，角度既親民又特別，像名校林立的牛津道，她寫出接送景色、學生家長的曲折心思，裡面既同情平民的關懷，也有自基層階級向上流動至中產的一種善意。香港島的高街以鬼屋著稱，但胡氏特以個人觀察寫高街居民「低調光榮」的性格，這種能以個性來概括街道的高度，乃靠作家個人的精銳觀察與下筆信心。近年的地方文學書寫又以陳智德的《地文誌》最受注意，書中的「廣華街」、「利東街」等等，都有特殊的意象，作為一個地方一段歷史的象徵，寄託人文關懷的邊緣意志。陳智德的突破在於，由現實中提煉抽象，以理想主義的姿態去仰望提升。

香港的社區書寫方興未艾，然而又弔詭地大盛於城市面貌激烈改變的時代。不過歷來如此，香港總是變動不居的。一代代的人，都以自己的筆去為這個城市、為自己的社群甚至一己的經歷作傳，如逆流向上產卵的鮭魚般，堅執努力。

書到獄時

星期日《明報》編輯邀我談談在被捕期間讀什麼書，我想在政治運動期間談讀書也是有用的。七月二日被釋放後，我與my little ariport的阿p在FB閒聊，他抱怨說被捕時身上無書，坐在黃竹坑警校乾等，煞是難捱。我笑道，被捕三寶一定要有書，不然無法對抗警方行政效率低落或故意製造的漫長等候時間。五百一十一個人，前幾年就可以癱瘓全港警署的行政工作，現在為備戰估中可能有了進步，但依然要等七、八小時。看來警方無意在行政效率方面給予市民更良好的印象。

被捕期間，每架旅遊巴上的三十多人，被分配到同一間房，由七、八個警員作基本資料錄取，把隨身貴重物品及所有尖狀物放入膠袋封好，自行保管（注意膠袋若被破壞可致形毀罪）。與我同車的人大都是普通市民及學生，還有勞工組織的朋友，陳允中教授，全部都偏向安靜。一開始我們見識了CID的狂躁揚威，後來他們變得友善，九點多宣布我們將會很快被全部釋放，大家放下戒備，然後就是乾等近四小時。大家都很累，鄰座的長裙女學生柔弱又乖，素不相識就把頭枕到我肩上睡覺。我睡不長，把包裡的三本書拿出來交換著看：德里達《無賴》、阿岡本《褻瀆》、劍橋年度主題講座《記憶》，都不厚，簡體理論書的紙尤其輕，很適合出外抗爭的書包。三本書學術性都比較重，德里達和阿岡本尤以晦澀難懂著名，以通宵未睡在警局裡的狀態，我不敢說讀通了（我根本未讀完），僅是把自己讀到的部分與大家分享，請識者指教。

德里達《無賴》：民主、自由與無賴

二〇〇四年德里達逝世後，著作持續出版，好像他並不曾離開一樣。《無賴》的核心概念來自於德氏二〇〇二年在兩場學術會議上的論文報告，乃是德氏晚年持續思考政治概念如正義、民主等的實踐之一，解構主義者在離世前希望為世界捍衛一些必要的價值，而仍然是以解構主義的方式。德里達說，「『民主』這個詞的意義並非毫無內容，而是尚未到來，同時又尚未過去：民主這個詞或概念的意義仍在期待中，仍是空泛的或空洞的。」正如他在《馬克思主義的幽靈》那裡賦予「正義」一種即將到來的彼岸性質那樣，正如他把友誼視為一種無償的餽贈那樣，民主也是一種尚未在場的，我們並未真正知曉卻已繼承了的遺贈。

德里達對於民主的定義比較傾近於某種無政府式的直接民主，去除行政的中介。讀德里達必須經歷他的語言遊戲，例如「輪子—圓形—酷刑—回歸」等是本書中持續出現的主題意象。德里達以此賦予「民主」一種「回歸自身」的能力，民主牽涉「最高的自我決定」、「自律」，即以下這種能力：「這個能力給它自身立法，提供給予法律的力量，提供自我描述，提供在集體或團體的同時性中、在存在的總體的同時性中或人們所說的『集體生活』的同時性中自我的重新適應性的最高聚集。」——句子不冗長到令你惱火的程度就不是德里達了。但在香港現下的狀況這多麼容易理解：無法律效力的民間公投，一再被定義為非法集結的和平集會、「我犯法但我無罪」的公民抗命，都是給自身立法、勇於自我描述、平時分割隔絕的港人在實現自我的政治欲望中重新適應集體行動，緩慢、難耐、隨時有鬼的集體行動，然而讓我們覺得做此時此地的香港人也與有榮焉，CNN說七一遊行有一百三十萬人呀。

自行立法的主體也指向不可規範，自由放蕩曾被古典政治學排斥為詭詐之人——我開始睏了把書跳著看——「無賴有時會失業，他既無所事事，又積極地忙著佔領街道，他要麼『滿街跑』，游手好閒，要麼在街道和其他道路上，做一些規範、法律、和警察不允許的事——流氓統治被賦予自身難以維持的權力。」近來大家都面對一種狀況，就是現在直接衝擊者或社運參與者也許腦中欠缺倫理觀念的共識與約束；而我們所面對的政權所做的，包括網路 DDoS 攻擊，對行動者用私刑、以停車不熄匙罪名拘捕七一頭車司機等等罄竹難書，這幾頁翻來覆去看得百感交集。

民主的好客對象往往不包括無賴，無賴是可疑分子、不法之徒、祕密結社，流氓國家。無賴，是要被排除在外的他者。無賴，這種狀態在齊澤克稱之為「神經質主體」（Ticklish Subject），在阿岡本的《例外狀態》中亦可找到呼應。德里達想怎樣呢？他不是在道德上給予理由去捍衛無賴，而是希望在文本敘述推論中，讓我們與被自身系統排斥的他者同在，這是他為民主及自由貢獻的方式：擺脫定型，容納反面與他者，不斷推翻又不泯滅希望。

阿岡本《褻瀆》：才子書與強大的陌生感

大家都知，目前炙手可熱的西方理論才子中，懂得讀的人一定讀阿岡本。無奈我常覺得他的簽名式就是「讀不懂」：甫開卷必定拋出有好幾種語言及大量陌生的人名書名、宗教歷史政治哲學文學、拉丁文希臘語羅馬時期的引文，門檻很高。運動中讀阿岡本，最理所當然是讀他的《例外狀態》：有權頒布例外狀態的才是主權者；當今民主政治的弊端在於政府愈來愈常合法地頒布例外狀態，而導致一種「全球內戰」的極權狀態；而能夠自行頒布例外狀態的主體，就是握有自己的主權。阿岡本以極其古肅的方式到達與德里達的無賴類同之狀態。

《褻瀆》是他的早期的文學隨筆，這個中譯本是國內粉絲自印的，廖偉棠一見相馬上來問，我答曰序言書室代訂。《褻瀆》裡的阿岡本並不古肅，談神話、童話、寓言、欲望……，好像是靠極遠古的神像到達迷走（Ecstasy）狀態，有種極度隱晦祕而不宣的性感。我在裡面找到了寫散文集《若無其事》自序及評論董啟章《美德》的鑰匙——在警局裡掩卷歎道「真是寫得好」，抬頭正與一臉茫然的警員四目交投。

書本的力量

劍橋年度主題講座《記憶》精英雲集，在社會學、文學、歷史、精神分析、大腦科學各個層面上闡述「記憶」的型態，單因理查．桑內特的〈干擾記憶〉一文，就多年不捨放售了。桑內特的馬克思主義立場，其實能夠解決香港關於集體回憶的很多內在矛盾：集體記憶是社會力量的一個來源，通過分享記憶而非私有化，集體能夠講述他們的故事；必須無休止地敘述，但尋求記憶需要一個非中心化的主體；資本與權力的結構會干擾人們真實的記憶，準確地記憶需要以特定的方式重新打開創傷，而這種方式無法靠人們自己來完成；準確地回憶需要一個人們在其中能夠跨越差異的界限而向他人發言的社會結構，此即對集體記憶的自由渴望。我想，這可以向那些為抗爭而與長輩爭執吵架的青年解釋，為什麼他們的上一代可能備受中共及港英迫害，但現在卻好像失憶那樣不斷講著強國論與和諧論——我們必須尋求整個社會結構的變革，否則我們根本不能有和諧的家族聚會。

六月以來狂飆的政治把人沒頂，我竟然是在被捕期間得到最長的閱讀時間（不知長毛在獄中看了什麼書？）。也許有人認為，抗爭時應該看比較輕鬆和淺易的書，或至少和抗爭本身較有關聯的。不過我始終認為，時間與書二者之價值，都在於提升，而非消耗。而閱讀與運動距離遠一點的書，需要讀者自己主動將之扣連於當下，雖然這樣會減低實用性，但會令大腦更加活躍，此乃個人追求，不過真係幾爽架。手機時代閱讀人口劇減，但我要說，如果抗爭者不讀書，不是好事情，這樣抗爭的力量來源就會限制在感官促動層面。而且，你看的書如何，你的論述能力也必如何。沒有論述的抗爭，很難到達目標。

看書，就成了危險尤物

閱讀重要，因為它讓我們接觸知識、開啟良知、建立個人價值觀、培養有深度的性情——此即所謂「啟蒙」，enlightenment，這個詞的本義是一束光照亮黑暗，人從此不再是蒙昧的動物。——嗯，這是男性的表達方式。女人該怎麼說？我會引用斯提凡・博爾曼（Stefan Bollman）的臺版書名：閱讀的女人危險。這本書的簡體版書名是「閱讀的女人」，實在有點不解風情——也許在比較自由的地方，危險才能公開地成為一種魅力。

讀書與打扮之間

《閱讀的女人危險》一書，解讀歷來數十幅以女性與書為主題的名畫。「女性讀書」有何特別？約翰・伯格（John Berger）在其名著《觀看之道》（*Ways of Seeing*）裡分析許多名畫以及當代的商業廣告，它們都有同一個特徵，就是圖像中的女主角獨獨「面向鏡頭」，望向觀畫者。這表示，女性一直被塑造成「被觀看的對象」，她們比男性更為意識到自己的外表之重要。因此歷來一個衣著隨便爛撻的男性仍然可以被認為有其他值得尊重的內涵、可以用外表以外的東西定義自己；而女性的穿戴及外表則對她的「價值」有決定性影響，一個穿著不得體的女人甚至代表她不尊重自己。我喜歡穿著有品味的人，但上述的歷史和判定則無論如何是對女性不公平的。

這樣從繪畫的傳統來看，就可知為何一名讀書的女性在畫裡有著格外重要的意義。畫中閱讀的女子，往往是垂頭、側坐，甚至有許多是背向鏡頭的。這姿態表示女主角不再把注意力放到凝視自己的目光之上，她們宣稱：你們要看就看個夠，I don't care，因為我已找到自己要看的東西，自己的世界。二十世紀商場盛行，是因為女性發現通過購物可以在充滿束縛的家庭之外，找到自己感到舒適、可以容身的空間。其實一直以來，閱讀就提供著一個自我的私人空間。

張愛玲少年時，母親對她說，家裡的錢不夠，她要麼用這筆錢去讀書，要麼就用錢打扮自己釣金龜婿去。張選了讀書，並且拚命寫作賺錢，這樣我們才有了帶領萬千女性穿越男性甜言蜜語的祖師奶奶。女性閱讀代表她開始建立自己獨立的價值觀，謀求自立。對於那些想控制她的人來說，很危險。

私密也是挑戰

耐人尋味的是，書中不少畫作裡的女主角是赤裸閱讀的。在商業世界，我們會以為裸體是譁眾取寵；但在繪畫傳統來說，這些卻經常是挑釁權威的創作。比如特奧多爾．魯塞爾的真人大小巨幅油畫《閱讀中的少女》（一八八六／八七年），展出時就曾令保守派的藝術雜誌大怒：畫中人坐在一張休閒椅上，椅背還搭著時尚的和式櫻花晨袍，看的還是時尚畫報雜誌，明顯是個普通少女，她並非女神如維納斯，為什麼竟可赤身裸體？一片黑暗的背景中浮出這樣一個閱讀的年輕女子，就對傳統給定的女性姿態作出了挑戰：她帶點自閉的憂鬱在涉獵時尚，專注得有點不屑外界，手中的畫報正好遮住了陰部。皮耶爾—安東莞．博杜安一七六〇年的畫作《閱讀》，金漆家具和絲絨簾幕圍繞著一位眼神迷亂、面色潮紅的女子，一隻手伸入解開的裙襬下面。相比起來，《閱讀中的少女》走得更遠更大膽。

貴族女性會手持書籍端坐畫成肖像，以書來證明身分；另一方面，身分低微的女傭、老婦讀流行小說或聖經，都是對擁有權力者之挑戰。伊芙．阿諾德有一輯攝影作品，是瑪麗蓮夢露在看喬依斯的《尤利西斯》。這部可是以艱深著名現代主義文學名作啊（必須懺悔：我也沒看過），代表「幼稚的金髮尤物」的夢露，真的會看嗎？人們紛紛質疑。攝影師留下證詞：是的，當時夢露的確在看，並說，這書筆調很好，但看得有點辛苦；不過只要不按順序，不時就隨便看一點點，會發現這本書很好看。一位叫理查．布朗的文學教授就是這樣教學生讀《尤利西斯》的。

閱讀的男女戰爭

現在有人以為書只是裝飾品，但書在歷史上一直是權力所想把持的對象，以致閱讀一度被宣稱是危險的，一七九一年一名教育學者甚至這樣恐嚇：「閱讀時身體缺乏任何運動，再加上想像力與感受力的劇烈起伏，此將導致精神渙散、黏液水腫、腸道脹氣及便祕。如同眾所周知，這勢必將對兩性（尤其是女性）的生殖器官造成影響。」哈，有趣。

男人怕女人看太多書，但同時，男性需要女性的眼瞳去映照自己的成就和身影，就像男作家需要崇拜自己的女讀者。《閱讀的女人危險》一書的導讀作者艾柯．海登萊希（Eike Heidenreich，德國著名作家）寫道：「可惜我們就是這副模樣：我們樂於分享，樂於施捨，用我們所擁有的最珍貴事物去供養拙夫們。那些凡夫俗子雖然心知肚明，卻為此而憎恨我們。」在畫裡，閱讀的女人有時憂鬱，有時緊張，但大多數都寧靜、閒雅、專注，柔和的輪廓反射著柔和的光線。

難以辨識的香港

二千年初，牛津大學出版社曾出版過一套關於香港研究的學術文集，裡面有一本《香港文學@文化研究》，也斯有一篇著名的論文，題為〈香港的故事，為什麼這麼難說？〉——當時不以為意；後來多了面對兩岸三地的場合，諸如座談、撰文發表，才深刻體會到，不止是故事，香港的特性，對不熟悉的他人來說，實在難辨。

無法用書皮判斷的香港書

怎麼說呢？近來工作需要，常要處理臺灣出版書籍，將香港的出版品與之一比，便有感嘆。臺灣書多半定位清晰，文學書有文學的清雅或鮮明，實用性重的大眾類書籍則往往把所有賣點都在封面點明（於是會有長逾二十字的書名），重要哲學著作一定會有作者照或者清楚的作者名在封面，普及知識類也各有一套習用脈絡。即使有操作成分，也表現出清楚的市場定位：如要將艾倫・狄波頓的哲學性論述，處理為一般大眾會關心的題材，便把原名 status anxiety（地位的焦慮）改為「我愛身分地位」，作了關鍵的轉換。有時順勢，有時逆勢或扭轉，但套路清晰，簡單來說是從外表便可定義出別人應該怎樣對待它。

而香港書呢，操作性往往不明顯（只有少數出版社如天窗例外），有時能有品質良好的畫作或攝影封面就算上上大吉，但普遍若只就封面來看定位不單是不清晰，有些甚至是拒絕解釋。原因可能是香港出版業不如臺灣出版業那樣規模龐大、規矩井然，有些人要笑「不夠professional！」但是，這些封面含混、拒絕解釋，甚至故意錯置的書，品質有時卻是極好的，尤其多有創意之作。

比如歐陽應霽與萬里合作出版的主題食譜系列，有《粒粒皆興奮》這本以米為題的書，牛皮紙封面包上以「米」字的字體設計為主的薄紙書腰，裡面除了以米為主角的菜譜，還有提供感性的稻田攝影、耕種打穀等工作過程的知識描述，關於米的跨媒體藝術創作，絕對與萬里出版的其他食譜不一樣，也可以想像一般食譜的師奶顧客拿上手是如何不知所措。又如上書局出版的《硬膠政治》，封面是高登小丑神及書名俱在吸引高登網民，但翻開裡面，是極具中產風格品味和內幕格局的政治美學評論，這不是故意錯置嗎？說到拒絕解釋，當數牛津出版的一系列文學書，單以獨特典雅的封面材質為主角，上面只有書名、作者名，簡直是冷然表示：「呢d好野你都唔識？算罷啦你。」可它一路堅持，成了風格，近日還看到內地有類似的出版物。陶傑的書由皇冠出版多年，近年書名及封面風格大變，切入時政熱話抽水（如《砧板上的洗腦宣言》、《剩女時代的通識智慧》），甚至惡搞作者本身，完全放棄風雅路線。有次我遇上陶傑，向他表示「看封面真的不知道這是什麼書」，他淡然道「唔知咪好囉」。

不高蹈不擺姿態

例子不勝枚舉，我只覺得，這些都有揭示性的意義。香港文化有其混雜性，不高蹈、不安於原位。那些有質素有見地甚至是有先鋒性的書，都有一種逾越的性格，以打破藩籬和固有認識為己任，安然接受只有少數極具耐性和洞悉力的知音才能理解的寂寞境遇。求什麼？只求留一畝自耕地，做自己覺得有意思的東西。一點「我們如此很好」的自由。

他地文化人有個「格」，俗一點說，擺出來的姿態，就同時是表示「你應該這樣對待我」。有時名不副實，比如余秋雨新書《何謂文化》，題目開得好大彷彿學術著作，其實只是收錄他與各單位包括幹部富豪的「應酬」如演講、立碑、撰傳作序，但擺出來一個文質彬彬的樣子，多少外行人又服膺了。而香港的許多文化人，其實都有周身武藝幾門絕活，但不求聞達，甚至不求被別人理解，對平民的市場俯首低眉，那種謙虛有時是面對前行者而發的，像我有次問才子游清源為什麼文章從不結集，平時嘻皮笑臉的他突然感慨起來：「你想怎樣？在香港寫作，你想求什麼？你看看以前的人……在香港寫作無所求。」是呀，若劉以鬯先生也寫馬經煮字療饑，我們後人還好意思擺什麼姿態呢？有次在臺灣做文學活動，崑南先生經過，隨後梁文道向在場者解釋：「其實崑南先生在香港文壇的地位……類似於白先勇在臺灣吧，臺灣隨便什麼人見白先勇都要躬身叫老師，但我們見崑南只會叫『嗨！崑南』。」如此隨和的低姿態，有時在他地不免被看小，只因為我們沒有擺出「你應該這樣對待我」的姿態。

香港性：差異定位與湮沒傳統

如果用王家衛《一代宗師》的語境去說明現在也許更易懂：當葉問、宮二、一線天這樣的一代宗師也在香港混跡江湖大隱於市，後人也真是無從崖岸自高。葉問的見眾生，也不過是開班授徒，傳藝於世——這本就是向孺子俯首的極低姿態。要講這種香港獨特的隨和不高蹈性格，其實剛過世的也斯先生在青文書屋出版的《香港文化空間與文學》一書中有很詳盡的論述。他說香港的重要文學作品，不少在一般報刊雜誌甚至消閒婦女雜誌中發表，又習與中國內地灑狗血式的共產美學，及臺灣的儒雅風度劃出分明的差異來作自我定位，養成一種不高蹈不誇飾的傳統。

如今香港本土性追求已成大勢所趨，種種更簡化和二元對立的本土性格，每日都在網上宣揚。可是這些簡化版的香港特色，也許亦是同時在湮沒過往精微複雜的香港性。還要不要堅持敘說曲折的故事？每每在向他人講述香港時感到困難，一口氣提不上來，幾乎不想再解釋的時候，我便回想，前人諸多困難中的種種開創，不能讓之湮沒於嚣嚣塵世。

新人間叢書 288

恍惚書

作　者—鄧小樺
執行主編—羅珊珊
校　隊—吳如惠　鄧小樺　羅珊珊
美術設計—陳恩安
行銷企劃—王小樨

董事長—趙政岷
出版者—時報文化出版企業股份有限公司
108019臺北市和平西路三段二四〇號四樓
發行專線—（〇二）二三〇六六八四二
讀者服務專線—〇八〇〇二三一七〇五　（〇二）二三〇四七一〇三
讀者服務傳真—（〇二）二三〇四六八五八
郵撥—一九三四四七二四時報文化出版公司
信箱—10899臺北華江橋郵局第99信箱
法律顧問—理律法律事務所　陳長文律師、李念祖律師
印　刷—紘億印刷有限公司
初版一刷—二〇一九年七月十二日
初版三刷—二〇二一年六月十八日
定　價—新臺幣三二〇元
（缺頁或破損的書，請寄回更換）

時報文化出版公司成立於一九七五年，
並於一九九九年股票上櫃公開發行，於二〇〇八年脫離中時集團非屬旺中，
以「尊重智慧與創意的文化事業」為信念。

恍惚書 / 鄧小樺著. -- 初版. -- 臺北市 : 時報文化, 2019.07
面； 公分. --（新人間叢書）
ISBN 978-957-13-7868-8（平裝）

855 108010563